Douráteos Híppos

Das Hölzerne Pferd

Juergen von Rehberg

Douráteos Híppos

Das Hölzerne Pferd

Kriminalroman

*Bibliografische Information der Deutschen National-
bibliothek:*
*Die Deutsche Nationalbibliothek verzeichnet diese
Publikation in der Deutschen Nationalbibliografie; de-
taillierte bibliografische Daten sind im Internet über
http://dnb.dnb.de abrufbar.*

© *2022 Juergen von Rehberg*

Herstellung und Verlag: BoD – Books on Demand,

Norderstedt

ISBN: 978-3-7568-4075-5

Einer der meist gesuchtesten Verbrecher der letzten Jahre, dessen Ergreifung die Ermittler immer wieder vor neue Rätsel gestellt hatte, lag auf dem Tisch des obduzierenden Rechtsmediziners, Dr. Johannes Teufer.

Es sollte der letzte Fall sein, mit dem er sich auseinandersetzen musste, denn nach über vierzig Jahren Tätigkeit im Reich der Leichen stand der wohlverdiente Ruhestand unmittelbar bevor.

Der Mann, dessen sterbliche Überreste vor ihm lagen, war Burkhard Löffler, ein mehrfacher Mörder.

Die Ironie der Geschichte bestand darin, dass Löffler nicht etwa von der Polizei gefasst worden war, sondern dass der Mörder selbst das Opfer eines Mordes geworden war.

Mehrere Stiche, wovon einer von ihnen direkt ins Herz getroffen hatte, bedeuteten das Ende des Mannes, der die Polizei so viele Jahre zum Narren gehalten hatte.

„Was fühlst du, Paul?", fragte der Rechtsmediziner den Mann, mit dem er seit einer gefühlten Ewigkeit befreundet war.

Paul Kling, Kriminalhauptkommissar beim LKA, stand am Seziertisch und schaute auf die Leiche von Burkhard Löffler.

„Ach Hansi", antwortete Paul Kling, *„was soll ich dir sagen? Ein Verbrecher weniger…"*

KHK Kling sah seinen Freund an und fügte dann hinzu:

„Es steht morgen schon wieder ein anderer Mensch auf, der sich der dunklen Seite des Lebens verschreibt. Die Kriminalität ist wie ein Hydra. Schlägst du ihr einen Kopf ab, wachsen sofort wieder welche nach. Es ist wie bei Hase und Igel. Und rate einmal, wer der Hase ist ... "

„Das mit dem Stummelschwanz mag ja vielleicht zutreffen bei dir, mein Lieber; aber deine Ohren sind eindeutig nicht lang genug", erwiderte der Mediziner.

„Pass auf, was du sagst", konterte der Kriminalhauptkommissar, der sich dem Lachen des Freundes nicht entziehen konnte.

„Bis wann hast du ein brauchbares Ergebnis?", wandte sich Paul Kling nun wieder der ernsten Seite seines Berufes zu.

„Ich werde mich beeilen, Herr Kriminalhauptkommissar, und wenn ich mit dem Filettieren dieses Herrn fertig bin, werde ich das Ergebnis persönlich bei Ihnen vorbeibringen. "

Die flapsige Art des Umgangs, wie die beiden Freunde miteinander umgingen, hatte sich im Laufe der Zeit entwickelt und wurde nur gepflegt, wenn sonst keine andere Person zugegen war.

Paul Kling war schon beinahe bei der Tür hinaus, als er sich noch einmal umdrehte und sagte:

„*Hannelore lässt fragen, wann du wieder einmal zum Essen vorbeikommst?*"

„*Das ist sehr lieb von Hannelore*", erwiderte der Rechtsmediziner, „*sag ihr bitte, dass ich das sehr gern machen werde, wenn ihr Gatte einmal nicht zu Hause ist.*"

„*Du hast doch einen gewaltigen Schaden*", sagte KHK Kling, „*das muss wohl an den Gasen liegen, die du ständig hier unten einatmest.*"

Und bevor der Mediziner darauf antworten konnte, hatte der Kriminalhauptkommissar die Tür hinter sich zugezogen.

Der Rechtsmediziner aktivierte die Stereoanlage und aus den Lautsprechern erklang klassische Musik als Hintergrund für eine Arbeit, die wohl nicht jedermanns Sache ist.

*****

KHK Kling war der eine Teil eines Zweierteams, das seit vielen Jahren erfolgreich zusammenarbeitete. Den anderen Teil bildete KHK Marianne Brückner, die etwa im selben Alter wie Pauls Ehefrau Hannelore war.

Die beiden Frauen hatten sich vor einigen Jahren angefreundet und sie verbrachten gelegentlich auch Zeit miteinander.

„Das kann ja heiter werden", sagte die Kriminalhauptkommissarin zu ihrem Kollegen, *„die Namensliste der in Betracht kommenden Täter ist ja endlos."*

„Wie meinst du das?", erwiderte Paul Kling.

„Ich denke an die vielen Hinterbliebenen der Opfer, die auf das Konto von Löffler gehen. Ich sage nur <Merlingholm> und das unsägliche Massaker damals."

Jetzt verstand Paul, was Marianne meinte. Bei einem Attentat in der Eliteschule „Schloss Merlingholm", waren damals siebenunddreißig Personen ums Leben gekommen.

Dreiunddreißig Schülerinnen und Schüler, sowie vier Lehrkräfte. Eine der Schülerinnen war die Tochter eines hochrangigen Politikers.

Der Täter wurde umgehend gefasst und vor Gericht gestellt. Als das Urteil verkündet wurde, brach im Gerichtssaal ein Tumult aus.

Der Angeklagte war kein Geringerer als Burkhard Löffler. Sein Anwalt hatte es geschafft, mittels eines mehr als dubiosen Gutachtens, in welchem Löffler zum Zeitpunkt der Tat für unzurechnungsfähig erklärt wurde, die Strafmaß abzumildern.

Löffler wurde in eine geschlossene Anstalt überwiesen, aus welcher er nach kurzer Zeit fliehen konnte.

Die Wogen schlugen damals hoch. Die Medien haben das Massaker und die Verhandlung bis zum Erbrechen ausgeschlachtet, und einige der Beiträge waren reiner Voyeurismus.

Die Staatsmacht hat in jenen Tagen ordentlich Prügel bezogen. Man warf ihr Inkompetenz vor, ja sogar Bestechlichkeit und der Volkszorn kochte über.

Noch im Gerichtssaal wurden lauthals Parolen skandiert, die zum Teil in die rechte Ecke gehörten. Einige Väter der Ermordeten schworen damals Rache an Löffler zu nehmen, und genau das war auf einmal durch die Ermordung Löfflers wieder aktuell geworden.

Paul Kling sah seine Kollegin eindringlich an.

„Wenn du Recht hast, dann wird das eine Sisyphusarbeit", sagte er dann, worauf Marianne antwortete:

„Dann solltest du bei Clooney Verstärkung anfordern."

Mit „Clooney" war Dr. Bernhard Voss gemeint, der mit seinen 39 Jahren schon auf der Karriereleiter bis zum Staatsanwalt geklettert war.

Seinen Spitznamen verdankte er der frappierenden Ähnlichkeit mit dem amerikanischen Schauspieler George Clooney.

Es gab sogar den einen oder anderen Kollegen, die der festen Überzeugung waren, dass sich Dr. Voss genauso bewegte wie der echte Hollywood-Schönling..

Was indes das Auftreten des Herrn Staatsanwalt seinen Kollegen und Untergebenen gegenüber anging, so war dieses nicht gerade förderlich, um Sympathie zu kreieren, geschweige denn Freundschaften zu knüpfen. Niemand mochte ihn, aber alle respektierten ihn.

*****

„Nehmen Sie Platz, Kling!"

KHK Kling hätte altersmäßig der Vater von Dr. Voss sein können, und etwas mehr Respekt seitens des Juristen ihm gegenüber wäre angebracht gewesen, aber Paul Kling sah darüber hinweg.

Im Grunde genommen sah er in dem Staatsanwalt einen Yuppie, respektive einen jungen, karrieregeilen Schnösel, den er eher bedauerte, als ihm böse zu sein.

„Es geht um den Mord an Burkhard Löffler, Herr Voss", begann Paul Kling, was den Herrn Staatsanwalt erst einmal leicht zusammenzucken ließ.

Trotz mehrerer Hinweise, Paul Kling möge ihn doch mit seinem akademischen Titel ansprechen, blieben seine Bestrebungen erfolglos.

Der Kriminalhauptkommissar beließ es mit großer Beharrlichkeit bei der nichtakademischen Anrede und glich somit die Bilanz der gegenseitigen Respektlosigkeit aus.

„*Was ist damit?*", sagte Dr. Voss in gereiztem Ton.

„*Bei der Summe der potentiellen Verdächtigen brauchen wir dringend Verstärkung*", antwortete Paul Kling.

Und bevor Dr. Voss Stellung dazu nehmen konnte, fügte der Kriminalhauptkommissar eilig hinzu:

„*Es ist ja wohl von größtem Interesse, dass der Fall zügig geklärt wird, wenn das überhaupt möglich sein sollte.*"

„*Meinen Sie <zügig> oder <überhaupt>?*", fragte Dr. Voss provokant.

„*Beides, Herr Staatsanwalt*", antwortete Paul Kling, „*ich meine sowohl das eine als auch das andere.*"

Im Blick von Dr. Voss spiegelte sich die ganze Ablehnung wieder, die er für sein Gegenüber empfand.

„*Ich denke, das sind wir den Hinterbliebenen der Opfer schuldig*", legte Paul Kling nach. „*Ganz im Speziellen auch dem Vater von Merle Vollmer.*"

Damit spielte er auf Dr. Erwin Vollmer an, jenen hochrangigen Politiker, dessen Tochter eines der Opfer bei dem Massaker auf Schloss Merlingholm.

„*Das versteht sich von selbst, Kling*", sagte der Staatsanwalt, der Paul Klings Anspielung sehr wohl verstanden hatte.

„Ich werde schauen, was möglich ist. Sie hören vor mir.“

Paul Kling erhob sich und verließ den Raum, begleitet von einem breiten Grinsen, dass er einmal mehr Sieger dieser Begegnung geblieben war.

*****

„Und was hat Clooney gesagt? Bekommen wir Verstärkung?“

Marianne Brückner hatte schon gespannt auf die Rückkehr ihres Kollegen gewartet.

„Sicher doch“, antwortete Paul Kling, *„er hat sich zwar zunächst geziert wie eine Jungfrau; aber der Name <Vollmer> hat dann gezündet.“*

Marianne lachte.

„Du bist und bleibst ein alter Fuchs.“

In Mariannes Worten klang Bewunderung mit.
Eine Zeit lang war sie sogar in Paul verliebt; sie hat es aber nie gezeigt. Paul hatte damals schon eine Beziehung zu seiner späteren Frau.

Es war zwar nichts festes; aber Marianne respektierte es. So wurde aus einer unerfüllten Liebe ein wunderbare Freundschaft, die sich auch auf Hannelore übertrug.

„Weist du schon, wer uns zugeteilt wird?", fragte Marianne.

„Nein", antwortete Paul, *„das muss sich erst noch herausstellen. Clooney wird den Boss anrufen und der wird uns dann Bescheid geben."*

„Nur gut, dass Polizeirat Kimmel auf unserer Seite ist", fügte Marianne hinzu.

Paul nickte.

„Machen wir Schluss für heute. Morgen wissen wir mehr. Der Doc hat dann sicher noch weitere Fakten für uns. Ich wünsch dir einen schönen Feierabend."

„Den wünsche ich dir auch", erwiderte Marianne, *„und grüß Hannelore lieb von mir."*

„Mach ich", sagte Paul.

Als Marianne den Raum verlassen hatte, nahm Paul den Telefonhörer ab und wählte eine Nummer.

*****

„Warum hast du mich angerufen? Was willst du von mir?"

Dirk, Rallhofer war etwa zehn Jahre jünger als Burkhard Löffler und Aufseher im Gefängnis, bevor er aus dem Dienst ausschied.

Man vermutete, dass er damals Löffler bei dessen Flucht geholfen hatte, konnte es ihm aber nie nachweisen.

In Verbindung mit kleineren Dienstvergehen in der Zeit davor, legte man ihm nahe, sein Dienstverhältnis einvernehmlich zu lösen.

Danach kam er immer wieder mit dem Gesetz in Konflikt, und man war sich ziemlich sicher, dass er mit Löffler die ganze Zeit über in Kontakt gewesen war.

Die Wege von Rallhofer und KHK Kling kreuzten sich immer wieder einmal, und bedingt durch die vielen Vernehmungen entwickelte sich mit der Zeit eine Beziehung zwischen den beiden Männern.

„Das kannst du dir doch denken, Ralle", erwiderte Kling.

„Ich habe nicht die geringste Ahnung", sagte Rallhofer mit einem unschuldigen Gesichtsausdruck, dass man ihm beinahe glauben hätte können.

Kling schaute sein Gegenüber nur an.

Rallhofer erkannte in Klings Blick, dass er sich gerade auf sehr dünnem Eis bewegte.

„Ist es vielleicht wegen Löffler?", ruderte er ganz vorsichtig zurück.

„Das war knapp, Ralle", antwortete Kling lächelnd und Rallhofer erwiderte das Lächeln.

„Ich war kurz davor, dich zu verhaften", setzte Kling nach, noch immer lächelnd.

Rallhofer wurde unsicher. Er kannte Kling viel zu gut, um zu wissen, dass Vorsicht geboten war.

„Und weswegen?", fragte er zaghaft.

„Wegen Beleidigung meiner Intelligenz", antwortete Kling mit sanfter Stimme.

Es dauerte einen Moment, bis Rallhofer erkannte, was Kling damit meinte. Erleichterung machte sich bei ihm breit.

„Also Ralle, wer hat Löffler ermordet?"

Diese Worte waren wie ein Peitschenschlag und genauso fühlten sie sich für Rallhofer auch an. Er schluckte und seine Hände wurden feucht.

„Das weiß ich nicht, Herr Hauptkommissar", stieß Rallhofer heftig hervor und in seinen Augen war Hilflosigkeit zu erkennen.

Kling sah Rallhofer an.

„Ich weiß es wirklich nicht", unterstrich Rallhofer das eben Gesagte.

„Glaub ich dir, Ralle", erwiderte Kling in fast väterlicher Manier.

Rallhofer schien erleichtert. Es war nicht das erste Mal, dass der Kriminalhauptkommissar sein Katz- und Mausspiel mit ihm spielte.

Kling tat, als würde er nachdenken. Plötzlich nickte er und sagte:

„Aber die Freundin von Löffler kennst du schon. Und sag jetzt ja nicht NEIN. Das würde mich mächtig ärgern."

Jetzt begriff Rallhofer, warum der Kriminalkommissar ihn so dringend sprechen wollte. In Rallhofers Kopf überschlugen sich die Gedanken. Natürlich kannte er Nadine; aber woher wusste Kling davon?

Rallhofer überlegte fieberhaft, was er auf die Frage antworten sollte. Im Bewusstsein, dass von Löffler keine Gefahr mehr ausgehen konnte, beschloss er die Wahrheit zu sagen.

„Natürlich kenne ich Nadine Breuer."

„Soso, Breuer heißt die Dame", erwiderte Kling schmunzelnd, *„jetzt brauche ich nur noch eine Adresse."*

Rallhofer bohrte seine Fingernägel tief in die Handinnenflächen. Er war einmal mehr auf Kling hereingefallen, der von Nadine überhaupt nichts wusste. Kling erkannte in Rallhofers Gesicht Wut und Enttäuschung, dass er übertölpelt worden war.

„Fühlst du dich nicht wohl, Ralle?"

Kling genoss es förmlich, Rallhofer so zu sehen.

„Im Gegenteil. Herr Hauptkommissar, ich fühle mich prächtig. Ich bin sehr froh, dass ich Ihnen einmal mehr bei Ihren Ermittlungen behilflich sein kann."

Rallhofer hatte sich bemüht, diese Lüge glaubhaft vermitteln zu können; was ihm jedoch noch nicht einmal ansatzweise gelang.

„Das weiß ich zu schätzen, mein Lieber", sagte Kling, *„und wenn du mir jetzt noch sagst, wo ich diese Dame finden kann, dann lass ich einen Fuffi springen."*

„Ein Hunni wäre in Zeiten galoppierender Inflation angemessener", erwiderte Rallhofer, sehr zum Erstaunen des Kriminalkommissars.

„Du hast Glück, dass ich heute so gut gelaunt bin", sagte Kling, öffnete seine Geldbörse und entnahm ihr einen hundert Euro Schein.

*****

Nadine Breuer arbeitete seit Jahren als Pole Dancer im Colibri, einer Bar etwas außerhalb der Stadt.

Der Besitzer der Bar, ein gewisser Rocky Drechsler, war überrascht, als er Paul Kling auftauchen sah. Die beiden kannten sich noch aus der Zeit, als Rocky noch ein hoffnungsvolles Boxtalent war.

Er wurde damals als kommender Champion gehandelt, der es weit hätte bringen können, wäre da nicht der Alkohol gewesen.

Durch einige große Kämpfe hatte er es zu einem ansehnlichen Reichtum gebracht, der jedoch durch seinen exzessiven Lebenswandel sehr schnell wieder aufgezehrt war.

Am Ende seiner Karriere blieb gerade noch so viel Geld übrig, dass er sich die Bar davon kaufen konnte.

„Hallo Rocky!"

„Hallo Paule!"

Die beiden Männer umarmten sich. Paul Kling hatte die meisten von Rockys Kämpfen am Ring miterlebt. Er war ein glühender Boxfan und hatte selbst ein paar Jahre hobbymäßig geboxt.

„Was verschlägt dich denn hierher?", fragte Rocky, dessen Freude über das Wiedersehen deutlich erkennbar war.

„Das ist ja ewig her, dass wir uns gesehen haben."

„Ein paar Jährchen dürften es schon her sein, Rocky", erwiderte Paul Kling, der sich ebenso freute.
„Wie geht es dir, Paule?", fragte Rocky, *„noch immer hinter den bösen Buben her?"*

Paul mochte den Mann, der trotz all seiner Eskapaden nie mit dem Gesetz in Konflikt geraten war.

„*Wie soll`s mir schon gehen, Rocky*", erwiderte Paul, „*so kurz vor der Pensionierung?*"

„*Blödsinn!*", sagte Rocky in ernstem Ton, „*du gehst nie in Pension. Du bist Bulle und du bleibst Bulle, bis du tot umfällst oder dich einer über den Haufen schießt.*"

„*Dann lieber tot umfallen, Rocky*", erwiderte Paul Kling.

Rocky lachte. Er klopfte seinem Freund auf den Rücken und die Heftigkeit ließ erkennen, dass Rocky noch immer in einer sehr guten Verfassung war.

„*Lass uns etwas trinken, Paule. Um der alten Zeiten willen. Was möchtest du?*"

„*Ein guter Whiskey könnte mir schon gefallen*", erwiderte Paul und Rocky sagte zu der Dame hinter der Bar:

„*Bring uns Whiskey und zwei Gläser in mein Büro.*"

Nachdem dir Bardame das Getränk gebracht hatte und die beiden Männer den ersten Schluck genommen hatten, sagte Rocky:

„*Jetzt einmal Butter bei die Fische[1], Paule. Was ist der Grund für deinen Besuch?*"

---

[1] „Komm zum Wesentlichen!" - Redensart

Paul sah den Freund an. Ein Wesenszug von Rocky war seine direkte Art. Paul mochte das. Rocky war ein Hamburger Jung, den es weit weg von Zuhause hierher verschlagen hatte.

Er hatte sich damals in eine Touristin verliebt und war ihr nach Frankfurt gefolgt. Es war leider keine Verbindung, die ihm Glück brachte.

Am Anfang, als er noch erfolgreich war, schien alles perfekt zu sein; aber mit seinem Abstieg ging auch die Liebe unter.

Seine große Liebe verließ ihn und Rocky fiel in ein tiefes Loch. Paul Kling war einer der Wenigen, die zu ihm hielten, und das hat Rocky ihm nie vergessen.

„Kann es sein, dass dein Besuch mit dem Mord an Löffler zu tun hat?"

Rocky sah Paul eindringlich an, und Paul nickte.

„Ja, mein Freund", antwortete Paul und Rocky sagte:

„Dann schieß mal los, Paule. Wie kann ich dir helfen?"

„Bei dir arbeitet doch eine Nadine Breuer, ist die heute da?"

Paul sah Rocky erwartungsvoll an. Er wunderte sich, dass Rocky auf seine Frage nicht antwortete.

„Sie ist doch eine deiner Stangentänzerinnen, oder?", legte Paul nach und dann antwortete Rocky:

„Nicht mehr, Paule; aber was willst du eigentlich von ihr?"

„Sie ist doch die, oder vielmehr sie war die Freundin von Löffler und ich möchte ihr gern ein paar Fragen stellen."

Als Rocky wieder nicht gleich antwortete, fügte Paul eilig hinzu:

„Natürlich nur, wenn es dir recht ist, Rocky."

„Nadine liegt im Krankenhaus; aber sicher nicht mehr lange."

Paul hätte am Tonfall von Rocky bemerken müssen, dass etwas nicht stimmte. Stattdessen fragte er:

„Hatte sie einen Unfall?"

„Nadine hat Krebs im Endstadium."

Rocky bekam feuchte Augen, als er das sagte.

„Sie war eine so schöne Frau und die Queen beim Pole Dancing. Und jetzt ist sie nur noch ein Schatten ihrer selbst."

Paul sah seinen Freund voller Mitgefühl an. Ein Bär von einem Mann, dessen Punch in seiner aktiven

Boxlaufzeit so manchen Gegner vorzeitig ins Land der Träume geschickt hat.

Und jetzt saß er da und weinte wie ein kleines Kind. Paul fühlte sich unwohl, als er die nächste Frage stellte; aber es musste sein.

„Glaubst du, ich könnte sie besuchen?"

„Damit du sie noch schnell ausfragen kannst, bevor sie den Löffel abgibt?"

Die Aggression in Rockys Stimme war unüberhörbar.

„Ich möchte ihr nur ein paar Blumen bringen, schließlich kannte ich sie ja auch ein wenig."

Rocky sah über Pauls Lüge hinweg. Er konnte in Pauls erschrockenem Gesichtsausdruck erkennen, dass sein Freund gerade etwas hilflos war.

„Ist schon gut, Paule", sagte Rocky, *„ich hab's nicht so gemeint."*

Paul Kling war erleichtert. Sein *„danke, Rocky!"* kam ihm aus tiefstem Herzen.

„Nadine liegt im Hospiz Sankt Anna auf Zimmer 207. Ich werde sie anrufen und ihr sagen, dass du sie besuchen kommst. Das wird dir helfen."

Paul erkannte in Rockys Worten, dass er seine Lüge durchschaut hatte. Er reichte Rocky die Hand und sagte:

„Du bist ein feiner Kerl, Rocky und ein guter Freund. Danke für alles; auch für den feinen Whiskey."

*****

Das Zimmer 207 im Hospiz Sankt Anna lag im Halbdunkel.

Als Paul Kling die abgemagerte Gestalt im Bett liegen sah, erschrak er. Rocky hatte ihm Bilder gezeigt von einer wunderschönen Frau, die einmal der Star im Colibri war.

Und jetzt bot sich Paul Kling ein Bild des Jammers in Gestalt einer Frau, die auf den Tod wartete. Ihre Atmung ging stoßweise, obwohl sie über eine Maske Sauerstoff zugeführt bekam.

Nadine sah zu Paul und winkte ihn zu sich heran.

Als Paul zögerlich zum Bett hinging, fühlte er sich total hilflos. Er hielt einen Blumenstrauß in der Hand und wusste gerade nicht so recht, was er damit anfangen sollte.

„Die sind aber schön", sagte Nadine, *„selber gepflückt?"*

„Im Blumenladen", antwortete Paul erleichtert.

„Hallo Paul! Rocky hat mir gesagt, dass du kommst. Ihr seid alte Freunde, hat er mir gesagt. Stimmt doch, oder?"

„Absolut", antwortete Paul, *„das sind wir. Und das schon seit sehr vielen Jahren."*

„Wieso habe ich dich dann nie im Colibri gesehen?", fragte Nadine.

„Keine Zeit", antwortete Paul, *„zu viel Arbeit."*

„Auf dem Gang stehen Vasen", sagte Nadine, *„du könntest eine holen und die Blumen hineingeben."*

Paul hielt die Blumen noch immer fest umklammert und er war froh, dass er das Zimmer kurz verlassen konnte, um sich vor der Tür zu sammeln.

Die ganze Situation machte ihm schwer zu schaffen und Hemmungen befielen ihn, wieder hineinzugehen, um einer im Sterben befindlichen Frau unangenehme Fragen zu stellen.

„Erzähle mit ein bisschen was von dir, Paul", sagte Nadine, als Paul ins Zimmer zurückgekehrt war.

„Hast du Familie oder bist du eher der Typ einsamer Wolf?"

Paul fragte sich gerade, wie ein Frau im Format wie Nadine mit einem Mann wir Burkhard Löffler liiert gewesen sein konnte.

„Ich bin verheiratet. Meine Frau heißt Hannelore und ist eine wunderbare Partnerin. Kinder haben wir keine."

„Hast du ein Bild von Hannelore?", fragte Nadine, und Paul empfand augenblicklich eine große Peinlichkeit, dass er die Frage mit NEIN beantworten musste.

„Das ist schade", sagte Nadine, *„vielleicht ja, wenn du mich beim nächsten Mal besuchen kommst. Oder du bringst Hannelore einfach mit."*

Paul fühlte, wie sich sein Hals allmählich zuschnürte und eine aufkommende Bewunderung für diese Frau befiel ihn.

„Genauso machen wir das, liebe Nadine", antwortete Paul, der große Mühe hatte, die Worte verständlich herauszubringen.

„Rocky hat mir gesagt, dass du Fragen zu Burkhard hast", sagte Nadine, und sie sagte das völlig emotionslos.

Paul war überrascht.

„Das muss nicht heute sein", antwortete Paul, *„wir können das gern auch nächstes Mal machen."*

Nadine lächelte.

„Ach Paul", sagte sie dann, *„ich fürchte, ein nächstes Mal wird es nicht geben…"*

Paul Kling, ein harter Brocken in seiner Eigenschaft als Ermittler, kämpfte gegen die Tränen an. Er liebte seinen Beruf; aber in diesem Augenblick war das anders. Er wünschte, er hätte diesen Beruf niemals ergriffen.

*****

Die Begrüßung durch Marianne Brückner war eher kühl, als Paul am nächsten Morgen das Büro betrat.

„Bist du mit dem linken Bein aus dem Bett gestiegen oder hast du nicht gefrühstückt?"

Paul versuchte sich dem seltsamen Verhalten seiner Kollegin mit Humor zu nähern. Das ging jedoch vollkommen daneben.

„Ich packe nur meine Sachen zusammen und verschwinde", antwortete Marianne. *„Ich möchte dir nicht im Weg stehen."*

Paul starrte Marianne verwirrt an.

„Spinnst du? Was soll das?"

Entsetzen lag in Pauls Stimme, als er das sagte. Marianne zeigte sich völlig unbeeindruckt. Sie kramte in einer Schublade herum, als suche sie etwas.

„Antworte mir gefälligst, und schau mich an, wenn ich mit dir rede!"

Pauls Worte ließen seine völlige Hilflosigkeit erkennen, was allein darin begründet war, dass die beiden Ermittler im selben Dienstrang waren, und keiner dem anderen etwas zu sagen hatte.

„So rede doch mit mir, Marianne", startete Paul einen neuen Versuch, dieses Mal aber in einem eher flehentlichen Ton.

„Habe ich irgendetwas gemacht, was dich verärgert hat?"

Das klang nach totaler Kapitulation Marianne gegenüber. Marianne sah ihren Kollegen an und dann sagte sie:

„Fragst du das ernsthaft?"

Als Paul nicht sofort darauf antwortete, begann Marianne zu lachen.

„Das glaube ich nicht", sagte sie weiter, *„du ahnungsloses Wesen, du Unschuldslamm von Gottes Gnaden..."*

Nun verstand Paul überhaupt nichts mehr.

„Verehrter Herr Kriminalhauptkommissar Paul Kling, Ermittler der Sonderklasse, Stolz der gesamten Dienststelle."

Marianne hielt inne. Sie sah in Pauls erstarrtes Gesicht, bar jeder Regung, mit Augen, die nach Hilfe suchten.

„Da du noch immer mit beiden Füßen auf dem Schlauch stehst, will ich dich erhellen, mein lieber Paul."

Marianne begann die Vorstellung zu genießen. Als sie ins Büro kam, hatte sie sich fest vorgenommen, ihren Kollegen in seine Einzelteile zu zerlegen; aber jetzt tat er ihr schon fast ein wenig leid.

„Wir haben einen ganz speziellen Fall zu lösen, der sich eventuell als einer der schwierigsten erweisen könnte.

Das liegt allein schon daran, dass wir Verdächtige ohne Ende haben. Also heißt es Ärmel hochkrempeln und mit vereinten Kräften ans Werk gehen.

Und was macht der liebe Kollege Kling?

Er nimmt sich vor, den Fall allein zu lösen. Ohne die zugeteilten Kollegen und vor allem ohne mich."

Marianne machte eine Pause, um das Gesagte wirken zu lassen.

Jetzt begriff Paul endlich, was Marianne ihm sagen wollte. Er rang heftig nach einer plausiblen Erklärung, fand aber auf die Schnelle nichts Passendes.

„Du gehst zu Ralle – ohne mich. Du besuchst Nadine Breuer – ohne mich. Was soll ich deiner Meinung nach davon halten?"

„Woher weißt du das?", fragte Paul erstaunt.

„Rocky hat mich angerufen. Vielleicht kannst du dich daran erinnern, dass ich Rocky ebenso kenne wie du."

Dann folgte Stille. Marianne hatte sich ihren Frust von der Seele geredet und wartete auf Pauls Stellungnahme; aber es kam nichts.

Paul hatte verstanden, worauf Marianne hinauswollte. Sie hatte ja mit allem recht, was sie ihm vorwarf. Es war nicht richtig, diesen Alleingang zu machen. Sie waren seit Jahrzehnten ein eingeschworenes Team, und die vielen Fälle, die ihnen aufgetischt worden waren, hatten sie stets zusammen gelöst.

„Es tut mir leid, Marianne", sagte Paul mit leiser Stimme, *„und bitte, sei mir nicht böse."*

Marianne sah Paul an, der wie ein kleiner Schuljunge vor ihr stand und dessen Reue aus tiefster Seele kam.

„Na gut", sagte Marianne, *„dann packe ich wieder aus."*

Paul erschrak.

„Wolltest du wirklich gehen?", fragte er entsetzt.

„*Quatschkopf*", erwiderte Marianne, „*ich habe nur meinen Schreibtisch ein wenig aufgeräumt.*"

*****

Die erweiterte Ermittlergruppe bestand nun aus fünf Personen. Drei weitere Damen waren hinzugekommen. Eine davon war IT-Spezialistin.

KHK Kling begrüßte die Verstärkung.

„*Ich freue mich sehr, dass ihr uns bei dem schwierigen Fall unterstützen wollt. Es ist nun einmal so, dass wir die sprichwörtliche Nadel im Heuhaufen suchen. Ich sage nur <Attentat Schloss Merlingholm>.*"

„*Ich bin ein bisschen im Netz herumgesurft und habe einiges gefunden.*"

Es war Grit Perlinger, eine junge Kommissarin, die Kling ins Wort gefallen war. Sie war die IT-Expertin.

KHK Kling sah erstaunt zu der jungen Frau, die unbeirrt fortfuhr.

„*Der Mord an Burkhard Löffler ist das Topthema und die Flut der Posts ist gewaltig.*"

Paul Kling war berufsbedingt im Umgang mit dem PC vertraut; aber die Gefilde des „World Wide Web" waren für ihn vermintes Gebiet.

Ganz anders hingegen Marianne Brückner. Obwohl sie nicht wesentlich jünger war als ihr Kollege, kannte sie sich in der Welt des „WWW" recht gut aus.

Vielleicht lag es auch daran, dass sie keine Familie hatte und hie und da mit einem Glas Rotwein in der Hand durch die Galaxien des Internets surfte.

„Kannst du uns ein paar Beispiele aufzeigen?", fragte Marianne die junge Kommissarin.

„Klar, kein Problem", antwortete Grit Perlinger. Und startete ihre kleine Präsentation.

❀ **amazone 07**
Die Drecksau hat es nicht anders verdient. hoffentlich hat er ordentlich leiden müssen.

„Eine klare Ansage von amazone 07. Ich vermute von einer Frau. Wenigstens die Rechtschreibung stimmt."

❀ **bad boy 13**
unsere Justits ist ein Haufen lamer enten und die Polizei sind lauter looser

„Hier haben wir einen männlichen Kandidaten, dessen Rechtschreibschwäche offenkundig ist."

❀ *Johanna M.*
Das bringt unsere Kinder auch nicht wieder zurück.

*„Ich vermute, dass es sich hier um eine der Hinter-
bliebenen handelt. Der Klarname, wenn auch mit Ab-
kürzung des Nachnamens, deutet darauf hin."*

✺ *tarzan 01*
wir sollten waffen haben dürfen wie die amis

*„Tarzan 1 war bei diesem User wahrscheinlich
schon vergeben. Name und Post deuten auf ein eher
schlichtes Gemüt hin."*

✺ *der rächer 13*
Ich bereue nicht, das ich den feigen Mörder ins jehn-
seids gefördert hab

*„Ich glaube nicht, dass dieses Geständnis ernst zu
nehmen ist.*

Das waren jetzt nur ein paar von vielen."

Mit diesen Worten beendete Grit Perlinger ihre
kleine Aufzählung, die sie von ihrem Laptop auf den
Bildschirm an der Wand projiziert hatte.

„Vielen Dank, Grit", sagte Marianne, und zu Paul
gewandt:

*„Wie du siehst, ist Grit eine große Bereicherung für
uns, und das gilt natürlich auch für KHM Sauer und
KHM Menzel. Herzlich Willkommen, liebe Kolleginnen
und auf gute Zusammenarbeit!"*

KHK Kling stand etwas neben sich. Was da gerade
passiert war, ließ ihn erstaunen. Und als Marianne zur

Bekräftigung ihrer Worte zu applaudieren begann, was von den drei anderen Frauen freudig übernommen wurde, da schloss er sich ganz einfach an.

*****

„Guten Morgen, meine Lieben; was für ein wunderbarer Tag."

Es war Dr. Teufer, der den Raum betrat und gute Laune versprühte.

„Ich sehe neue Gesichter."

„Hallo Doc, was führt dich zu uns?", erwiderte Marianne Brückner. *„Das sind übrigens die Kolleginnen Perlinger, Sauer und Menzel, die uns unterstützen werden."*

Der Rechtsmediziner nickte den drei Ermittlerinnen lächelnd zu und sagte:

„Ob das der Herr Hauptkommissar aushält? So viel Frauenpower auf einmal?"

„Muss er wohl", erwiderte Marianne Brückner.

„Wo ist er überhaupt?", fragte Dr. Teufer.

„Beim Staatsanwalt zum Rapport", antwortete Marianne Brückner.

„*Da habe ich einen ersten Bericht für euch*", sagte Dr. Teufer, „*und liebe Grüße an den Hauptkommissar.*"

„*Mache ich*", erwiderte Marianne, und als der Mediziner den Raum verlassen hatte, bat sie die Kriminalhauptmeisterin Menzel, sie möge den Bericht kopieren und vervielfältigen.

„*Sollen wir den Bericht nicht lieber auf den Laptop legen?*", fragte Grit Perlinger, worauf Marianne Brückner antwortete:

„*Der Boss mag es lieber auf gedrucktem Papier.*"

*****

Der Rapport bei Dr. Voss verlief wie immer. Kriminalhauptkommissar Kling drosch Phrasen, wie z.B. „*es gibt schon einen Ermittlungsansatz*" oder „*es fehlen noch die einen oder anderen Verbindungsnachweise*", und der Staatsanwalt musste sich wohl oder übel damit zufrieden geben.

Er brauchte diese kleinen Machtdemonstrationen für sein schwach ausgeprägtes Ego und Paul Kling machte das Spiel einfach mit. Irgendwie tat ihm Dr. Voss sogar ein wenig leid.

„*Ich möchte schnellstmöglich Ergebnisse haben, Kling. Da draußen läuft ein Killer herum, vielleicht sogar ein Serienkiller. Und die Presse sitzt mir auch schon gewaltig im Nacken.*"

Allein diese Äußerung dokumentierte einmal mehr, wie wenig Ahnung Dr. Voss von seinem Beruf hatte. Ein erfolgreiches Studium macht eben noch lange keinen Juristen aus einem Menschen, dessen Vater früher ein hochangesehener Richter war.

Die Person, die Burkhard Löffler ins Jenseits befördert hatte, war ein Mörder, aber ganz bestimmt kein Serienkiller.

Und dass die Presse dem Herrn Staatsanwalt im Nacken sitzen sollte, das war ein Gerücht. Dr. Voss wähnte sich in der Vorstellung, zum Oberstaatsanwalt avancieren zu können, wenn der Mörder von Löffler schnell gefunden werden würde.

Aber dass das schnell gehen würde, daran hatte KHK Kling berechtigte Zweifel.

„Was wollte Clooney?", fragte Marianne Brückner, als Paul Kling wieder ins Büro kam.

„Sich wichtig machen", antwortete Paul Kling, *„was sonst."*

„Der Doc war hier und hat seinen Bericht gebracht", sagte Marianne Brückner, *„willst du ihn dir anschauen?"*

„*Nein*", antwortete Paul Kling, „*lass uns gemeinsam zu ihm gehen und dann soll er uns erklären, was drin steht.*"

„*Wie du meinst*", erwiderte Marianne Brückner, die nichts anderes von ihrem Kollegen erwartet hatte.

*****

„*Stell das Gedudel ab, wir müssen reden*", sagte Paul Kling, als sie das Reich des Rechtsmediziners betreten hatte, aus welchem schon von weitem Musik erklang.

„*Hallo, liebe Marianne*", erwiderte Dr. Teufer, „*ich freue mich sehr, dich zu sehen. Und auch dir, lieber Paul ein herzliches Grüß Gott!*"

Danach stellte er die Musik leiser und wandte sich dann wieder an Marianne Brückner.

„*Ich bewundere dich, mein Liebe, und ich frage mich, wie man es mit einem solchen Kunstbanausen, wie es der Herr Hauptkommissar nun einmal ist, aushalten kann.*

Oder empfindest du die Musik von Richard Strauß oder Mozart auch als Gedudel?"

„*Keineswegs, verehrter Doc*", erwiderte Marianne Brückner, „*wobei Richard Strauß nicht so mein Fall ist, aber Mozart liebe ich über alles.*"

„Das freut mich, liebste Marianne", sagte der Doktor, *„Mozart ist leichter zugänglich als Richard Strauß. Den muss man sich erst verdienen."*

Jetzt konnte sich Paul Kling nicht länger mehr zurückhalten.

„Wenn ihr noch weiter herumschwafeln wollt, dann kann ich ja so lange einen kleinen Spaziergang machen."

„Das ist eine sehr gute Idee, lieber Paul", sagte Dr. Teufer mit einem feinen Grinsen, *„dabei könntest du dein erhitztes Gemüt ein wenig abkühlen."*

Damit war das Maß voll. Paul Kling, der noch Reste der sinnlosen Unterhaltung mit dem Staatsanwalt im Ohr hatte, drohte zu explodieren.

„Es reicht jetzt, Hansi", stieß er heftig hervor, *„mein Bedarf an dummem Geschwätz ist reichlich gedeckt. Können wir uns jetzt bitte auf die Arbeit konzentrieren?"*

Marianne Brückner spürte förmlich körperlich, dass die augenblickliche Situation in eine unheilvolle Richtung zu laufen drohte und sagte:

„Kannst du uns etwas zu der Mordwaffe sagen, Johannes?"

Der Doktor schaute überrascht zu Marianne Brückner. Sie hatte ihn noch nie bei seinem Vornamen genannt.

Paul Kling war es ebenfalls aufgefallen. Marianne nannte den Rechtsmediziner immer nur „Doc".

„Ich vermute einmal, es könnte ein Dolch gewesen sein", fuhr Marianne fort, als Dr. Teufer nicht gleich darauf reagierte.

„Nein, Marianne", erwiderte der Mediziner, „es war eine lange, schmale Kling. Ich denke eher an ein Stilett oder etwas ähnliches."

„Kannst du uns eventuell noch etwas anderes sagen oder war `s das schon?"

Der Tonfall in Klings Stimme ließ ein leichtes Ab-klingen seiner Gereiztheit erkennen.

„Es gibt DNA-Spuren, die ich erst noch zuordnen muss", antwortete Dr. Teufer, und nach einer kurzen Pause:

„Das steht alles in meinem Bericht, den ich dir ge-bracht habe. Aber du machst dir ja noch nicht einmal die Mühe, ihn zu lesen."

Mit dieser Bemerkung wurde die Gereiztheit des Kriminalhauptkommissars erneut entfacht.

„Jetzt reicht es mir endgültig", platzte Marianne Brückner wütend heraus.

„Ist es das Testosteron zweier Ochsen oder sind es die Wechseljahre? Ich muss dringend an die Luft, sonst platze ich."

Mit diesen Worten verließ Marianne den Raum und ließ zwei völlig verdutzte Gestalten zurück.

„Ich glaube, wir haben die liebe Marianne verärgert", bemerkte der Doktor, worauf Paul Kling erwiderte:

„Das glaube ich auch."

*****

KK Grit Perlinger hatte eine Liste von Posts aus dem Internet zusammengestellt und sie dem Ermittlerteam vorgestellt.

„Das sind ganz schön viele", bemerkte Marianne Brückner, *„sehr gute Arbeit, Grit."*

„Danke, Frau Brückner", erwiderte Grit Perlinger, worauf diese erwiderte:

„Das mit dem Gesieze lassen wir. Schließlich sind wir ein Team. Ich heiße Marianne und der Boss heißt Paul."

Paul Kling war nicht gerade begeistert von Mariannes Vorschlag, ließ sich aber nichts anmerken.

„Nach welchen Kriterien hast du die Liste sortiert?", fragte Sarah Menzel.

„Nach gar keinen", antwortete Grit Perlinger.

„Würde das nicht die Arbeit erleichtern, wenn wir die Personen irgendwie in Kategorien unterteilen würden?", fragte Sarah weiter.

„Ja, schon", erwiderte Grit, *„und an was hast du da gedacht?"*

Jetzt mischte sich auch KHM Birgit Sauer ein.

„Männliche und weibliche Personen zum Beispiel. Ich glaube, dass eher ein männlicher Täter infrage kommt.

Im Bericht von Dr. Teufer steht doch, dass die Stiche tief sind, also mit großer Wucht geführt wurden. Deutet das nicht auf einen Mann als Täter hin?"

„Das habe ich gar nicht gelesen", sagte Paul Kling überrascht.

Marianne sah ihren Kollegen lächelnd an. Die Bemerkung „lesen bildet" ersparte sie sich. Aber nur, weil sie nicht allein mit Paul war.

„Ein sehr guter Ansatz, Birgit", sagte Marianne. *„Ich schlage vor, du und Sarah kümmert euch darum."*

„Ich hätte da vielleicht noch einen Vorschlag", sagte Sarah.

„Und der wäre?"

Der Einwurf von KHK Kling kam fast ein wenig schroff.

Sarah erschrak. Ihr Blick wanderte zu Marianne Brückner, die ihr ermunternd zunickte.

„Es gibt doch sicher Aufzeichnungen der Gerichtsverhandlung mit Burkhard Löffler, Herr Hauptkommissar", antwortete Sarah, die vor lauter Aufregung den Vorschlag des Duzens vergessen hatte.

„Ich glaube schon, Kollegin", erwiderte Paul Kling, der nicht minder überrascht war.

„Da könnte man schauen, ob es im Gerichtssaal auffällige Reaktionen seitens der anwesenden Hinterbliebenen gab. "

„Das ist eine brillante Idee von Sarah", sagte Marianne, *„meinst du nicht auch, Paul? "*

Paul hatte den Wink mit dem Zaunpfahl sehr wohl verstanden.

„Definitiv", erwiderte er hastig, *„bravo, Sarah! Sehr gute Arbeit."*

"Dann wisst ihr ja, was zu tun ist", sagte Marianne, *„also frisch ans Werk!"*

*****

Die Videoaufnahmen von der Gerichtsverhandlung von Burkhard Löffler nach dessen feigem Attentat, wurden eingehend gesichtet.

Neben weinenden Gesichtern trauernder Hinterbliebener waren auch viele Drohgebärden diverser Zuschauer zu erkennen.

Dies geschah in Form von in die Höhe gereckten Fäusten und Papiertafeln mit beschriebenen Todesdrohungen.

KHM Birgit Sauer hatte die Personalien einiger beim Prozess anwesenden Personen aufgetan, die beim Betrachten des Bildmaterials verdächtig schienen.

Sie hatte sogar eine Art Ranking vorgenommen, basierend auf dem Erscheinungsbild der Verdächtigen.

Ganz oben auf der Liste stand ein Mann, auf dessen Papiertafel zu lesen stand:

„Das Schwein gehört aufgehängt!!!"

*****

Befragung eines Verdächtigen:

„Nennen Sie bitte Ihren Namen, Ihren Beruf und Ihr vollständige Adresse."

„Mein Name ist Anton Brenner, ich bin Harz IV-Empfänger und wohne in der Goethestraße 4."

KHK Kling und KHK Brückner warfen sich einen vielsagenden Blick zu. Dann fuhr KHK Kling fort.

„Sie waren damals im Gerichtssaal anwesend, als die Verhandlung gegen Burkhard Löffler geführt wurde. Ist das richtig?"

Anton Brenner nickte.

„Bitte, sprechen Sie die Antwort in das Mikrofon."

„Das ist richtig."

„Und ist es auch richtig, dass Sie ein Schild bei sich hatten, mit welchem Sie gefordert haben, man möge Burkhard Löffler hängen?"

„Ich kann mich nicht mehr erinnern."

„Dann will ich Ihrem schlechten Gedächtnis einmal auf die Sprünge helfen."

KHK Kling klappte das Notebook auf und startete das Bildmaterial. Danach drehte er das Notebook zu dem Befragten hin."

„Können Sie sich jetzt wieder daran erinnern?"

„Ja."

Der Kriminalhauptkommissar drehte das Notebook wieder herum, klappte es zu, und Marianne Brückner übernahm.

„Kannten Sie eines der Opfer oder mehrere? Standen Sie einem der Opfer vielleicht nahe?"

Der Befragte starrte Marianne Brückner an, als wäre sie ein Gespenst. Marianne wurde leicht verunsichert und Paul Kling übernahm wieder. Er fragte in harschem Ton:

„Antworten Sie! Oder haben Sie die Frage meiner Kollegin nicht verstanden?"

Anton Brenner wandte sich dem Kriminalhauptkommissar zu. Er hatte Tränen in den Augen. Mir gebrochener Stimme sagte er:

„Ich war ihr Lehrer...."

KHK Paul Kling sah zu Marianne, die ihn mit weit aufgerissenen Augen anstarrte. Mit dieser Antwort hatte keiner von beiden gerechnet.

„Wieso sind Sie dann Harz IV-Empfänger?"

Erstaunen und Entsetzen lagen in Klings Stimme.

„Ich habe damals gekündigt, weil ich es nicht ertragen konnte."

Man konnte erkennen, dass Anton Brenner von seinen Erinnerungen völlig ergriffen war.

Es dauerte eine Weile, bis er weitersprechen konnte.

„Nach langen Wochen, in denen ich versucht habe, das Geschehene zu verarbeiten, habe ich beschlossen, aus dem Leben zu scheiden.

Ich habe Tabletten geschluckt. Aber mein Vorhaben scheiterte, weil mich eine Nachbarin noch rechtzeitig gefunden hat.

Es folgten Alkoholexzesse, die mich immer weiter hinuntergezogen haben. Von dort war es nur noch ein kleiner Schritt bis zu den Drogen.

Das alles endete mit der Einweisung in eine psychiatrische Anstalt. Als ich entlassen wurde, war ich nur noch eine Hülle ohne Seele, zu nichts mehr zu gebrauchen, seelischer Müll. "

Die beiden Ermittler fragten sich gerade, wie das Erscheinungsbild von Anton Brenner mit der Schilderung seines Lebens vereinbar war, als die Antwort kam.

„Meine Schwester Doris hat mich bei sich aufgenommen. Sie und ihr Mann haben mir wieder festen Boden unter meine Füße gegeben.

Arbeit finde ich keine mehr. Wer will so ein menschliches Wrack schon einstellen… "

Eine Mischung aus Wehmut und vielleicht einer Spur Selbstmitleid bildeten den Abschluss von Anton Brenners Lebensbeichte.

Er sah die Kriminalbeamten erwartungsvoll an, um weitere Fragen zu beantworten. Aber das geschah nicht. Stattdessen sagte KHK Paul Kling:

„Vielen Dank, Herr Brenner, dass Sie sich die Zeit genommen haben, um uns Ihre Geschichte zu erzählen.

Sie können jetzt gehen und wir wünschen Ihnen alles Gute."

Anton Brenner stand auf, verbeugte sich und verließ den Raum.

Als er gegangen war, kamen Birgit Sauer und Sarah Menzel herein, welche die Befragung an einem Monitor im Nachbarzimmer mitverfolgt hatte.

„Eines verstehe ich nicht", sagte Birgit Sauer, *„wieso hat er zuerst die Geschichte mit dem Schild geleugnet?"*

„Weil er sich vielleicht geschämt hat", antwortete Marianne Brückner, *„oder weil er es verdrängt hat. Aber bestimmt nicht, um uns anzulügen. Oder siehst du das anders, Birgit?"*

„Nein, natürlich nicht" erwiderte die junge Kollegin, etwas erstaunt darüber, dass Marianne Brückners Worte fast wie ein Vorwurf klangen.

„Dann ist es ja gut", murmelte Marianne Brückner.

*****

Die kommenden Tage und Wochen vergingen mit der Auswertung der von Grit Perlinger erstellten Listen. Verwertbare Hinweise konnten jedoch nicht erbracht werden.

Ebenso wenig Erfolg bescherte den Ermittlern die Befragung diverser Personen, welche auf den Videoaufnahmen des Prozesses auffällig erschienen waren.

„Es ist die berühmte Nadel im Heuhaufen", bemerkte KHM Birgit Sauer, und KHK Marianne Brückner ergänzte lächelnd:

„Das Dumme ist nur, dass es sie irgendwo geben muss."

„Warum legen wir den Fall nicht als ungelöst zu den Akten? Das würde Zeit und Ärger ersparen."

Mit dieser Bemerkung stach KHM Sarah Menzel in ein Wespennetz.

„Sie haben eindeutig den falschen Beruf gewählt, Frau Menzel. Mit Ihrer Einstellung gehören Sie nicht hierher. Ich möchte, dass Sie augenblicklich das Team verlassen."

KHK Paul Kling hatte sich in Rage geredet. Das war ihm in all seinen vielen Dienstjahren noch nicht vorgekommen. Aufgeben war für ihn noch niemals eine Option.

KHM Sarah Menzel war zusammengezuckt. Sie sah hilfesuchend zu KHK Marianne Brückner.

„Das habe ich nicht so gemeint", bemühte sie sich um Schadensbegrenzung; aber vergebens.

„Verschwinden Sie", erwiderte KHK Paul Kling, *„ich will Sie hier nicht mehr sehen."*

Sarah Menzel verließ mit Tränen in den Augen den Raum. Marianne Brückner folgte ihr.

„Warte, Sarah!"

Sarah Menzel blieb stehen und drehte sich um. Als Marianne Brückner das verweinte Gesicht ihrer jungen Kollegin sah, tat sie ihr fast ein wenig leid.

„Das wird schon wieder. Du wirst sehen. Der Boss braucht ein bisschen, bis er sich abgekühlt hat, und dann kann man wieder vernünftig mit ihm reden."

Sarah Menzel bemühte sich um ein Lächeln, was ihr aber nur mäßig gelang.

„Ich weiß, dass meine Bemerkung dumm und unprofessionell war", sagte sie, *„natürlich müssen wir alles daran setzen, den Fall zu lösen."*

Marianne Brückner musste lächeln. Die Bemühung ihrer Kollegin, alles wieder geradezurücken, amüsierte Marianne ein wenig.

„Das ist die richtige Einstellung, Sarah", erwiderte Marianne, *„und genau so sagst du es dem Boss. Aber lass mich vorher mit ihm reden. Einverstanden?"*

„Ja", sagte Sarah Menzel, sichtlich erleichtert, *„vielen Dank, Marianne."*

„Sehr gut", erwiderte Marianne, *„und jetzt geh nach Hause und morgen kommst du wieder und leistest Abbitte beim Boss. "*

*****

Dr. Teufer hatte die beiden Hauptkommissare zu sich gebeten.

„Ich hoffe, du hast gute Neuigkeiten für uns", sagte Paul Kling, als er mit Marianne Brückner das Reich des Rechtsmediziners betreten hatte.

„Dir auch einen wunderschönen guten Morgen, mein Freund! "

Mit diesem freundlichen Gruß bedeutete Dr. Teufer dem Kriminalhauptkommissar, dass Höflichkeit noch nicht aus der Mode gekommen ist.

„Guten Morgen, Hansi", brummelte Paul Kling vor sich hin.

„Dir auch einen wunderschönen guten Morgen, liebste Marianne", sagte der Rechtsmediziner, *„wie hältst du es nur aus mit diesen alten Grantler? "*

„Reine Gewohnheitssache, Doc", antwortete Marianne lachend. *„Du weißt doch, Hunde die bellen… "*

51

„*Jetzt ist es aber einmal genug*", fuhr Paul Kling barsch dazwischen, „*schließlich ist das hier kein Kaffeekränzchen. Was hast du für uns?*"

Der Doktor und Marianne kannten Paul Kling gut und lange genug, um zu wissen, dass die Schmerzgrenze von Paul Kling in diesem Augenblick erreicht war.

„*Ich habe etwas gefunden, was euch interessieren könnte*", wurde Dr. Teufer jetzt ernst.

„*Und was ist das?*", fragte Paul Kling.

Der Rechtsmediziner schaute die beiden triumphierend an, bevor er ganz langsam sagte:

„*Ich habe mir den Kandidaten noch einmal vorgenommen.*"

Dr. Teufer genoss seinen Auftritt augenscheinlich.

„*Sollen wir raten oder sagst du uns jetzt, was Sache ist?*", drängte Paul Kling ungeduldig.

„*Ich habe eine kleine Einstichstelle hinter dem linken Ohr gefunden*", sagte der Rechtsmediziner und seine Augen schienen förmlich zu leuchten.

„*Und, weiter?*"

Die Ungeduld des Hauptkommissars wuchs.

„*Burkhard Löffler wurde vermutlich mit einer In-jektion zuerst betäubt und danach ermordet.*"

Paul Kling sah den Doktor ungläubig an.

"Ist das dein Ernst?", sagte er dann.

„*Wieso fragst du mich das?*", erwiderte Dr. Teufer.

„*Weil das sehr spooky ist*", erwiderte Paul Kling und nach einem Moment des Überlegens fügte er hinzu:

„*Aus welchem Grund sollte der Mörder das getan haben?*"

„*Nun, das weiß ich nicht*", antwortete Dr. Teufer, „*aber es ist doch merkwürdig, dass es keine Abwehr-spuren gibt.*"

„*Das ist richtig*", erwiderte Paul Kling, „*aber deine Geschichte hat trotzdem einen kleinen Haken.*"

„*Und der wäre?*", fragte Dr. Teufer.

„*Löffler hätte sich doch nicht so mir nichts dir nichts eine Spritze verpassen lassen.*"

„*Und wenn er mithilfe eines Getränks zuvor willen-los gemacht worden wäre?*"

Der Rechtsmediziner genoss seinen klugen Ein-wand.

„*Nein, nein, mein Lieber*", erwiderte der Hauptkommissar triumphierend, „*dann hättest du das Mittel doch im Körper von Löffler nachweiden können.*"

„*Nicht unbedingt, wenn die Verabreichung des Mittels längere Zeit zurückgelegen hätte.*"

„*Das ist doch Haarspalterei*", resignierte Paul Kling gereizt, „*wenn du nichts Gescheiteres vorzuweisen hast, dann gehe ich jetzt. Für so einen Quatsch ist mir die Zeit zu schade.*"

„*Dann geh doch*", erwiderte der Doktor, „*ich frage mich manches Mal, wie du Hauptkommissar geworden bist.*"

Paul Kling antwortete nicht darauf. Stattdessen verließ er den Raum und schloss mit einem lauten Knall die Tür.

*****

„*Hast du dich in der Tür geirrt?*"

Mit diesen Worten begrüßte Rocky Drechsler den Ankömmling.

„*Hallo Theo, ich freue mich auch, dich zu sehen.*"

Marianne Brückner und Theo Rocky Drechsler kannten sich aus Zeiten, als Marianne noch eine Polizeischülerin war. Marianne hatte sich damals Hals über Kopf in den feschen, jungen Mann verliebt.

Sie wurden schnell ein Paar und für Marianne läuteten schon aus weiter Ferne die Hochzeitsglocken. Alles schien perfekt zu sein, bis zu jenem Tag, an dem Theo mit Mariannes bester Freundin Klara eine Nacht verbrachte.

Theos Reue und seine Beteuerung, dass der Alkohol schuld daran gewesen wäre und er von Klara förmlich verführt worden wäre, nützten nichts. Marianne zog die Reißleine.

Sie verfolgte aber dennoch den kometenhaften Aufstieg von Theo als Boxer, der sehr schnell zu Rocky wurde, und sie fieberte mit, wenn sie einem der Kämpfe beiwohnte, jedoch in einer hinteren Reihe sitzend, um von Rocky nicht entdeckt zu werden.

Als sie im Rahmen einer Ermittlung viele Jahre später auf Rocky traf, vermied sie die Anrede „Rocky", die sie sowieso nicht mochte, und sagte stattdessen „Herr Drechsler".

Rocky spielte das Spiel damals mit, was Marianne mit einem dankbaren Blick quittierte. Ein wenig überrascht war sie aber schon.

Einige Jahre danach trafen sie noch einmal aufeinander. Dieses Mal zusammen mit Paul Kling. Marianne war inzwischen die Karriereleiter bis zur Kriminaloberkommissarin hinaufgestiegen und die Partnerin von Kriminalhauptkommissar Kling.

„Wie geht es dir?", fragte Rocky, *„du hast dich überhaupt nicht verändert."*

„Lassen wir das, Theo", erwiderte Marianne.

„Aber wieso?", sagte Rocky, *„darf man einer schönen Frau keine Komplimente mehr machen?"*

Es war sein Lächeln. Es war damals schon sein Lächeln, das die junge Polizeischülerin Marianne Brückner sich in ihn verlieben ließ.

Marianne musste ebenfalls lächeln. Es war auch jetzt, so viele Jahre danach schwer, diesem Mann zu wiederstehen.

Zugegeben, die Zeit war an Theo nicht spurlos vorübergegangen, aber bei wem macht sie das schon.

„Du hast es noch immer drauf", sagte Marianne, und dann machte sie etwas, was sie selbst am meisten überraschte. Sie gab Theo Rocky Drechsler einen Kuss auf die Wange.

„Danke, Nanni."

Da stand nun ein Mann wie ein Bär, dessen Fäuste so viele Gegner ins Land der Träume geschickt hatten, und bekam feuchte Augen.

„Nanni" war der Kosename, den er Marianne einmal vor so vielen Jahren gegeben hatte.

Marianne fühlte einen leichten Schwindel, als sie das hörte.

„Ach Theo", sagte sie leise, „lass die alten Zeiten ruhen; sie sind vorbei und sie kommen auch nicht wieder."

„Das ist schade", erwiderte Rocky, und bevor Marianne den Zauber des Augenblicks völlig zerstören konnte, sagte er:

„Lass uns etwas trinken, Marianne."

Marianne zögerte einen Augenblick und Rocky fügte hinzu:

„Wodka Lemon oder Dry Martini?"

Es waren wohl die Magie des Wiedersehens und die Erinnerung an die Vergangenheit, welche Marianne dazu brachten, dem Vorschlag Rockys zuzustimmen.

„Einen Dry Martini, bitte."

„Kommt sofort", erwiderte Rocky freudig und erstaunt zugleich, dass Marianne auf seinen Vorschlag eingegangen war.

„Ich bin überrascht, dass du meine Getränke-Gewohnheiten nach so langer Zeit noch weißt", sagte Marianne nach dem ersten Schluck.

„Es gibt ein par Dinge in meinem Leben, die ich niemals vergessen werde, Nanni", erwiderte Rocky, und dieses Mal ließ sich Marianne die Anrede mit ihrem Kosenamen gefallen.

Es folgte ein Gespräch auf einer Basis des gegenseitigen Respekts und der Freundschaft. Die Beiden erzählten einander, wie ihre Lebenswege so verlaufen waren, und als Marianne Rocky gestand, dass sie bei vielen seinen Kämpfe in der Halle war, machte Rocky große Augen.

„Das verstehe ich nicht", sagte er aufgeregt, *„warum hast du dich nicht gemeldet?"*

Jetzt war für Marianne der Augenblick gekommen, das Gespräch in die Richtung zu lenken, weswegen sie gekommen war. Die Antwort auf Rockys Frage wollte sie unter keinen Umständen geben.

„Bring mir bitte noch einen Dry Martini, und dann muss ich dir ein paar dienstliche Fragen stellen. Das ist schließlich der eigentliche Grund, warum ich gekommen bin."

Rocky holte das gewünschte Getränk und stellte es mit den Worten *„dann stell deine Fragen!"* auf den Tisch. Es fiel ihm schwer, nicht weiter auf die Vergangenheit einzugehen.

Längst vergessene Gefühle waren wieder zum Leben erweckt, und Marianne konnte es in seinem Gesicht deutlich erkennen.

„Lass die Vergangenheit ruhen, Theo. Es ist besser so."

„Also was willst du wissen?", erwiderte Rocky und zündete sich dabei eine Zigarette an. Die Lässigkeit, die

er dabei an den Tag legte, war gespielt und löste bei Marianne in verdecktes Lächeln aus.

Sie fühlte ein aufkommendes Mitleid mit dem Mann, den sie einmal sehr geliebt hatte, und sie hatte Mühe, es zu unterdrücken.

„Es geht um Burkhard Löffler, nehme ich an", drängte sich Rocky in Mariannes Gedanken.

„Ja", antwortete Marianne schnell, *„mein Kollege war diesbezüglich ja schon einmal hier."*

„Mein alter Freund und Hauptkommissar Paul Kling hat mich vor einigen Tagen heimgesucht, und jetzt bist du da. Eine Überraschung jagt die andere."

Der Zynismus, der in Rockys Worten mitschwang, tat Marianne weh und sie beschloss, sich dem zu entziehen.

„Das hat so keinen Zweck. Es ist wohl besser, wenn ich gehe."

Marianne war aufgestanden und wollte gehen; aber Rocky hielt sie am Arm fest. Als Marianne ihn mit festem Blick in die Augen sah, ließ er sie augenblicklich los.

„Es tut mir leid", sagte Rocky, *„bitte bleib."*

Marianne zögerte einen Moment, setzte sich dann aber wieder nieder.

„Löffler hatte bestimmt sehr viele Feinde; allein schon wegen des Attentats auf die Schule", begann Marianne, „aber eine späte Rache durch einen Angehörigen der Opfer halte ich für unwahrscheinlich."

Rocky wiegte seinen Kopf hin und her, dann sagte er:

„Vielleicht ja doch. Fällt die Ermordung von Löffler zeitlich in etwa mit dem Jahrestag des Attentats zusammen? Dann könnte es durchaus eine verspätete Rache sein."

Diesen Aspekt hatte weder Marianne noch Paul in Erwägung gezogen. Marianne dachte kurz nach und sagte dann:

„Nein; das geht zeitlich nicht zusammen. Das Attentat war kurz nach den Osterferien und jetzt haben wir September."

„War nur so eine Idee", erwiderte Rocky. „Aber wer kommt sonst noch i Frage?"

„Deswegen bin ich hier", erwiderte Marianne. „Du kanntest ihn doch besser als wir. Hast du nicht irgendeine Idee?"

Rocky überlegte und fragte dann:

„Wie genau wurde Burkhard ermordet?"

Die Tatsache, dass Rocky Löffler bei seinem Vornamen nannte, ließ erkennen, dass sich die beiden nahegestanden haben mussten.

„Wie gut kanntest du Löffler eigentlich?", fragte Marianne.

„Wo, wo, wo!"

Rocky hatte es förmlich hinausgestoßen.

„Ich habe Löffler seit Jahren nicht mehr gesehen", fügte er aufgebracht hinzu.

„Ist ja gut", beschwichtigte Marianne, *„niemand verdächtigt dich. Komm wieder runter.*

Ich möchte dich nur bitten, darüber nachzudenken, ob Löffler eventuell mit irgendwelchen Leuten Stress hatte.

Er kam doch sicher öfter hierher. Oder irre ich mich da?"

„Nein, du irrst dich nicht", erwiderte Rocky, der sich wieder im Griff hatte.

„Und? Gibt es da vielleicht jemanden, mit dem Löffler in krumme Geschäfte verwickelt war?"

„Madame Lie."

Rocky hatte die beiden Worte leise und ganz langsam gesagt.

„Wer ist Madame Lie?", fragte Marianne.

„Der Teufel in Frauenkleidern", antwortete Rocky und sein Blick wurde starr.

„Und was macht diese Frau? Müsste ich den Namen kennen oder hat sie noch einen anderen Namen?"

Rockys Blick ging noch immer ins Leere, als er antwortete:

„Ich kenne nur diesen einen Namen. Sie führt die Geschäfte einer Import-Export Firma. Alles legal."

„Und was macht sie wirklich?", fragte Marianne.

„Kokain und Schutzgelderpressung", kam die kurze Erklärung von Rocky.

„Wieso kennst du sie?", fragte Marianne, *„dich wird sie ja wohl kaum erpressen."*

„Niemand kennt sie", antwortete Rocky.

Marianne begann etwas zu erahnen. Rockys Verhalten wirkte äußerst seltsam auf sie.

„Sag bloß, du zahlst auch", sagte sie, worauf Rocky einfach nur nickte.

Marianne war überrascht, ja beinahe entsetzt. Von dem Mann, den sie als unerschrockenen Draufgänger, als Fighter in Erinnerung hatte, saß ihr gerade gegenüber, und nichts mehr von alledem war mehr übrig.

„Wieso hast du dich nie an Paul gewandt? Ihr seid doch alte Freunde."

Rocky lächelte.

„Ach, Nanni", sagte er, *„mit diesen Leuten legt man sich besser nicht an. Paul hätte mir da nicht helfen können."*

„Weiß Paul davon?", fragte Marianne, und Rocky antwortete:

„Nein. Und das soll auch so bleiben. Bitte, sage ihm nichts davon."

Marianne sah den flehentlichen Blick von Rocky, und wieder stieg in ihr das Gefühl auf, gegen das sie sich zu wehren versuchte. Rocky war noch immer in ihrem Herzen.

„Ich werde Paul nichts davon erzählen", sagte sie dann, *„und du erzählst ihm nichts von uns."*

Rocky nickte.

„Aber erzähle mir jetzt, wo die Verbindung zwischen dieser Madame Lie und Löffler ist."

„Burkhard war einer ihrer Geldeintreiber."

„Auch bei dir?", fragte Marianne.

„Ja", antwortete Rocky, *„so haben wir uns kennengelernt."*

Marianne sah Rocky nachdenklich an.

„Ich weiß schon, was du sagen willst", kam Rocky Marianne zuvor. *„Du fragst dich, warum ich gezahlt habe. Stimmt `s?"*

„Das frage ich mich wirklich", erwiderte Marianne.

„Es ist wegen Tamara", sagte Rocky.

„Wer ist Tamara?", fragte Marianne, *„ist das deine Freundin?"*

„Nein", antwortete Rocky, *„das ist das Kind von Cindy. Sie hat bei mir gearbeitet und ist an einer Überdosis gestorben. Ich habe mich dann um das Kind gekümmert."*

„Aber was hat das damit zu tun, dass du dich nicht gegen diese Madame Lie gewehrt hast?", fragte Marianne ungeduldig.

„Weil sie gedroht hat, das Kind zu entführen, wenn ich nicht bezahle."

Mariannes Gefühlsleben begann sich im Kreis zu drehen. Das Verhalten von Rocky einem kleinen Mädchen gegenüber hätte sie ihm nicht zugetraut.

Auf einmal fühlte sie sich zu dem Mann wieder hingezogen, den sie vor langer Zeit mit aller Macht aus ihrem Leben verbannt hatte.

„Und was macht das Mädchen jetzt?"

„Tamara geht auf eine Privatschule in der Schweiz und ist eine ganz tolle Schülerin."

Marianne hatte große Mühe, ihre Rührung nicht zu zeigen.

„Du bist ein wunderbarer Mensch, Theo. Ich bin zutiefst beeindruckt."

„Das hast du schon einmal ganz anders gesehen, Nanni", erwiderte Rocky lächelnd, „vielleicht erinnerst du dich ja."

Marianne musste ebenfalls lächeln.

„Ach, Theo", sagte sie, „hol uns lieber noch etwas zu trinken."

*****

Paul Kling war überrascht, als Marianne ihm von ihrem Besuch bei Rocky erzählte. Es klang fast ein wenig verärgert, als er sagte:

„Wieso hast du Rocky allein besucht? Sind wir kein Team mehr?"

Marianne überging Pauls Worte, die ihr albern erschienen und erwiderte stattdessen:

„Kennst du eine gewisse Madame Lie?"

„Warum fragst du?", antwortete Paul.

„Kennst du sie oder nicht?"

Mariannes Stimme ließ deutlich ihren Unmut über Pauls Verhalten erkennen.

Paul hatte es bemerkt und antworte:

„Ja, eine sehr böse und gefährliche Frau."

„Löffler war ihr Geldeintreiber", fuhr Marianne fort, *„ und Madame Lie war wohl nicht sehr gut auf ihn zu sprechen."*

„Hast du das von Rocky?", sagte Paul, der sich gerade fragte, warum Rocky das Marianne erzählt hatte und nicht ihm, als er ihn besuchte.

„Der liebe Burkhard hat wohl nicht immer alles bei Madame abgeliefert, was er kassiert hatte", fügte Marianne hinzu und schaute erwartungsvoll in Pauls Gesicht.

„Da hätten wir ein klassisches Mordmotiv", sagte KHM Birgit Sauer, die, zusammen mit ihren Kolleginnen Sarah und Grit aufmerksam zugehört hatte.

„Wer oder was ist diese Madame Lie?", fragte KHM Grit Perlinger.

„Das kannst du doch bestimmt im Internet recherchieren", sagte KHM Sarah Menzel.

„Wohl eher im Darknet", korrigierte Birgit lächelnd.

„Madame Lie ist eine chinesische Geschäftsfrau, von der man weiß, dass sie unter dem Deckmantel ihrer Import-Export Firma dunkle Geschäfte betreibt, die man ihr jedoch bisher nicht nachweisen konnte."

Mit diesen Worten beendete der Hauptkommissar das Wortspiel der drei jungen Kolleginnen.

„Was meinst du, Paul?", fragte Marianne, *„ist der Mörder von Löffler in diesen Kreisen zu suchen?"*

„Möglich", antwortete Paul, *„aber für mich eher unwahrscheinlich."*

„Und warum?", fragte Marianne.

„Weil Madame Lie ihre Opfer so entsorgt, dass sie nicht gefunden werden."

Es folgte eine kurze Sprachlosigkeit im Ermittlerteam.

„Aber nachgehen sollten wir der Spur schon. Oder etwa nicht?", fragte Grit Perlinger zaghaft.

„Auf jeden Fall sogar", erwiderte Paul Kling, *„holen wir die Dame hierher."*

*****

„Mein Name ist Dr. Huang Wang. Ich bin der Rechtsvertreter von Madame Lie. "

Mit diesen Worten legte der Anwalt ein Schriftstück vor, dem zu entnehmen war, dass Madame Lies Erscheinen nicht zumutbar war, weil sie unter einen seltenen Krankheit leidet. Sie heißt Photophobie.

KHK Paul Kling sah den Mann in feinstem Zwirn ungläubig an. Dann sagte er:

„ Und mein Name ist Kriminalhauptkommissar Paul Kling, und ich werde Ihnen jetzt ein paar Fragen stellen.

Ist es richtig, dass Madame Lie in ihrer Firma einen Mann namens Burkhard Löffler beschäftigt hat? "

„Das kann ich Ihnen nicht beantworten ", erwiderte der Anwalt, *„das müsste ich erst mit der Personalabteilung abklären. "*

„Das wird nicht nötig sein, Herr Anwalt ", sagte KHK Kling, *„das Beschäftigungsverhältnis des Herrn Löffler wurde abrupt durch seine Ermordung beendet. "*

Der Anwalt zeigte sich verwirrt. Er verstand nicht ganz, worin sich der Sinn dieser Frage versteckt hielt.

„Ich nehme an, Sie haben auch keine Ahnung, ob hinter der Ermordung des Herrn Löffler vielleicht Ihre Mandantin steckt? ", fragte Paul Kling weiter.

Die Verwirrung des Anwalts begann augenblicklich progressiv zuzunehmen.

„Bezichtigen Sie meine Mandantin etwa eines Tötungsdeliktes?", stieß er aufgeregt hervor.

„Aber nicht doch, Herr Anwalt", erwiderte Paul Kling mit ruhiger Stimme, *„ich bezichtige niemand. Ich habe Ihnen lediglich eine Frage gestellt."*

Dr. Huang Wang verstand die Welt nicht mehr. So etwas hatte er in seinem bisherigen Berufsleben noch nicht erlebt. Was er nun sagte, bewies, dass sein juristisches Können nicht gerade von großer Qualität war, und es würde seiner Mandantin ganz sicher nicht gefallen.

Man konnte davon ausgehen, dass der arme Kerl ein naher Verwandter oder ein Günstling von Madame Lie war und mit Hängen und Würgen sein Staatsexamen gemacht hatte.

„Liegen irgendwelche Beweise gegen meine Mandantin vor?"

KHK Paul Kling hätte beinahe laut gelacht, als er diese Frage hörte, und der junge Herr Anwalt tat ihm fast ein wenig leid.

„Ich schlage vor, wir beenden diese Farce, Herr Doktor, und sie richten Ihrer Madame Lie aus, dass der Berg zum Propheten kommt, nachdem der Prophet nicht zum Berg kommen kann."

Damit war die Verwirrung bei Dr. Huang Wang perfekt, denn mit dieser Redewendung konnte er nun überhaupt nichts anfangen.

Er stand auf, verbeugte sich leicht und verließ eilig den Raum.

„Was war das denn?", fragte KHK Marianne Brückner, welche die Befragung im Nachbarraum mitverfolgt hatte.

„Das war kuĭlěixi, aber mit einem sehr schlechten Darsteller", antwortete Paul Kling.

Marianne sah ihren Kollegen fragend an.

„Und verrätst du auch deiner unwissenden Kollegin, was das Wort bedeutet? Mein chinesisch ist leider nicht gut genug."

„Das ist chinesisches Puppenspiel, eine Art Marionettentheater", antwortete Paul Kling. *„Der gute Herr Doktor ist die Puppe und Madame Lie zieht die Fäden.*

Und weil mir die Darbietung nicht gefallen hat, habe ich sie abgebrochen.

Deshalb werden wir beide morgen der Intendantin dieser misslungenen Vorstellung einen Besuch abstatten."

*****

Das Zimmer, in welches KHK Kling und KHK Brückner geführt wurden, lag im Halbdunkel. Eine Lampe, nur mit wenig Watt erhellt, stand auf einem Schreibtisch.

Hinter dem Schreibtisch saß eine Frau, etwas über 60 Jahre alt, kurzes, graues Haar, mit Sonnenbrille. In ihrer Hand hielt sie eine Tabakpfeife mit kleinem Kopf und einem langem Stiel, wie man es auf alten Gemälden sehen kann.

„Bitte, setzen Sie sich, und verzeihen Sie die Dunkelheit. Sie dient dem Schutz meiner kranken Augen."

Es war Madame Lie, welche die Ankömmlinge mit sanfter Stimme begrüßte.

„Guten Tag, Madame Lie, ich bin Kriminalhauptkommissar…"

Weiter kam Paul Kling nicht, denn er wurde von Madame Lie unterbrochen.

„Ich weiß, wer Sie sind, und auch Ihr charmante Begleiterin, Herr Kommissar. Ist es nicht Sitte in Ihrem Land, dass man die Dame zuerst vorstellt?"

Paul Kling wollte antworten, kam aber nicht dazu.

„Herzlich willkommen, Frau Brückner. Guten Tag, Herr Kling."

Pauls Sympathie, die noch vor wenigen Minuten für die interessante Erscheinung in ihm zu keimen schien, erstickte augenblicklich.

„Darf ich Ihnen etwas anbieten? Tee oder doch lieber Kaffee?"

Paul wollte gerade ablehnen, als Marianne darauf antwortete:

„Für mich gern einen Tee, bitte."

„Und für Sie vielleicht etwas Stärkeres?"

Der Kriminalhauptkommissar fühlte sich wie ein Ochse, der am Nasenring durch die Arena gezogen wird.

„Wir sind nicht hier, um mit Ihnen Tee zu trinken, Madame", antwortete Paul Kling trotzig und mit lauter Stimme, *„wir haben ein paar Fragen an Sie, welche Sie bitte wahrheitsgemäß beantworten sollten."*

Marianne sah Paul erstaunt an. So etwas hatte sie noch nie zuvor erlebt. Paul Kling aus seiner Fassung gebracht, das war neu.

„Aber gern, Herr Kommissar", erwiderte Madame Lie, *„dann stellen Sie Ihre Fragen."*

Danach flüsterte sie einer jungen Frau, welche die ganze Zeit neben ihr gestanden war etwas zu.

„Es geht um den ermordeten Mitarbeiter von Ihnen, einen gewissen Burkhard Löffler, den Sie natürlich nicht kennen."

Paul Kling hatte beschlossen, schweres Geschütz aufzufahren.

„Wieso glauben Sie, dass ich diesen Menschen nicht kenne?", erwiderte Madame Lie lächelnd, *„ich kenne alle meine Mitarbeiter.*

Leider war er schlechter Mensch, und ich bedaure nicht, dass er tot ist. Sein Karma hat ihn eingeholt."

Der Hauptkommissar beäugte misstrauisch sein Ge-genüber, das ihm mit völliger Gelassenheit begegnete.

„Wir wissen, dass Sie mit ihm Streit hatten", wagte Paul Kling einen Schuss ins blaue, *„und jetzt ist er tot."*

„Ist das jetzt die Stelle, an der ich sagen müsste <ich sage nichts mehr ohne meinen Anwalt> oder so ähnlich?"

Madame Lie schien rechtes Vergnügen mit der Si-tuation zu haben, was bei Paul Kling weniger der Fall war.

„Vielleicht sollten Sie Ihren Spitzen-Anwalt rufen, der kürzlich bei uns war", giftete Paul Kling.

„Sie meinen den kleinen Wang", erwiderte Madame Lie lachend, *„der wird bestimmt einmal ein Spitzen-*

Anwalt; aber er befindet sich erst am Beginn des Weges dorthin. "

Die junge Frau war zurückgekommen und brachte Tee, zusammen mit einer Schale Gebäck.

Madame Lie goss Marianne Tee ein und hielt ihr danach die Schale mit dem Gebäck entgegen.

„Kosten Sie, meine Liebe. Das sind chinesische Mandelplätzchen. "

Marianne nahm eines, steckte es in den Mund und kaute genüsslich darauf herum.

„Die sind ja köstlich", sagte sie kurz darauf, und Madame Lie erwiderte:

„Das freut mich; ich werde Ihnen das Rezept besorgen. "

Und wieder flüsterte sie der jungen Frau etwas zu, die danach den Raum verließ.

„Haben Sie mit der Ermordung von Burkhard Löffler etwas zu tun? "

Marianne wäre beinahe erstickt, als sie ihren Kollegen das sagen hörte.

„Nein", antwortete Madame Lie, *„und das wissen Sie auch. Sie hätten mich schon längst verhaftet, wenn Sie das glauben würden. "*

Der Kriminalkommissar musste sich schweren Herzens eingestehen, dass Madame Lie völlig recht hatte. Er glaubte nicht einen einzigen Augenblick an die Schuld dieser Frau bezüglich Löfflers Ermordung, und er fragte sich gerade, warum er überhaupt hierher gekommen war.

Paul Kling war aufgestanden.

„Komm, wir gehen!"

Marianne hatte aufgehört zu kauen und sah ihren Kollegen mit großen Augen an.

„Wollen Sie ihre charmante Kollegin nicht erst ihren Tee austrinken lassen?"

Paul Kling setzte sich wieder nieder. Die junge Frau war zurückgekommen und gab Madame Lie einen Zettel, welchen diese an Marianne weiterreichte.

„Hier, meine Liebe, das Rezept."

Chinesische Mandelplätzchen
3 Eier
150g Puderzucker aus Rohrohrzucker, 1 Prise Salz
50g Honig + 2 EL zum Bepinseln
100g Vollkorn- Reismehl
250g Dinkelmehl Type 630 + 2 EL zum Bearbeiten
150g gemahlene geschälte Mandelkerne
45g geschälte Mandelkerne

*****

Marianne hatte es vermieden, ihren Kollegen auf der Rückfahrt von Madame Lie, auf die Unterhaltung mit dieser anzusprechen.

Sie kannte Paul viel zu lange, um ihn daran zu erinnern, dass er in Madame Lie einen Gegner auf Augenhöhe gefunden hatte, ja vielleicht sogar von ihr besiegt worden zu sein.

Marianne empfand fast ein wenig Bewunderung für dieser bemerkenswerte Frau, die sich zu keiner Sekunde aus der Ruhe bringen ließ.

Paul kleidete sein persönliches Waterloo in eine nüchterne, sachliche Schilderung der Befragung, bzw. des Ergebnisses davon.

„Ich denke, wir können Madame Lie von der Liste der Verdächtigen streichen."

Die drei jungen Kolleginnen sahen einander verwundert an, denn unter dem Begriff „Liste der Verdächtigen" konnten sie sich gerade keine richtige Vorstellung machen.

„Das heißt, wir haben gar keinen Verdächtigen?"

Diese Frage, gestellt von KHM Sarah Menzel, vermochte die Laune von KHK Paul Kling nicht wirklich zu verbessern. Entsprechend war auch sein Blick, welchen er der jungen Frau entgegenbrachte.

Das Erscheinen des Rechtsmediziners, der gerade bei der Tür hereinkam, trug wesentlich zur Entschärfung der Situation bei.

„Hallo Doc!"

Marianne begrüßte den Doktor, welcher ihren Gruß freudig erwiderte.

„Hallo, schöne Frau, wie geht es dir?"

„Lass das Gesülze, Hansi, und sag mir lieber, was du willst."

Paul Kling hatte den Doktor rüde unterbrochen.

„Schlechtwetter im Paradies", erwiderte der Doktor lächelnd und nannte den Grund seines Erscheinens, bevor der KHK etwas erwidern konnte.

„Ich kann euch jetzt genau sagen, um welche Mordwaffe es sich handelt. Es ist ein ganz gewöhnlicher Brieföffner."

Paul Kling musste spontan an Madame Lie denken, weil er auf dem Schreibtisch von ihr einen Brieföffner gesehen hatte.

Er verwarf den Gedanken augenblicklich, denn ein Brieföffner war nun wahrlich kein selten vorkommendes Bürorelikt.

„Und sonst hast du nichts?", fragte der KHK vorwurfsvoll.

„Leider, mein Lieber", antwortete der Doktor, *„weder Spuren von Haut oder Textilfasern unter den Fingernägeln von eventuellen Abwehrtätigkeiten noch sonst etwas.*

Das erklärt wohl, warum das Opfer erst mit einer Spritzte bewusstlos gemacht worden war.

Ich muss sagen, der Täter oder die Täterin ist äußerst geschickt vorgegangen."

„Jetzt fehlt nur noch, dass du den Täter bewunderst", unkte Paul Kling.

„Ein wenig schon", erwiderte der Doktor, *„quelle raffinement extraordinaire."*[2]

Der sich verändernde Gesichtsausdruck von Paul Kling ließ nichts Guts erahnen.

Marianne hatte es bemerkt und sagte:

„Vielen Dank, Doc. Schade, dass du keine besseren Nachrichten für uns hast."

Der Doktor hatte den Wink von Marianne verstanden. Er wünschte noch frohes Schaffen und verließ den Raum.

*****

---

[2] *was für eine außergewöhnliche Raffinesse*

Die Ermittler traten schon geraume Zeit auf der Stelle. Eine Fülle von potentiellen Tätern; aber kein greifbarer Verdächtiger. Umso größer war die Freude, als Grit Perlinger mit einer hoffnungsvollen Neuigkeit aufwartete.

„Ich glaube, ich habe etwas Brauchbares gefunden."

„Mach es nicht so spannend", erwiderte Sarah Menzel ungeduldig, als Grit Beifall haschend ihre Kollegen anschaute.

„Es gibt einen Mann, der öffentlich eine Morddrohung gegen Burkhard Löffler gemacht hat."

„Und wer soll das sein?", fragte Paul Kling.

„Der Mann ist allseits bekannt und heißt Dr. Thomas Bergemann", antwortete Grit.

„Ist das nicht einer der Köpfe von der PDW?"[3], fragte Birgit Sauer.

„Das ist doch dieser rechtspopulistische Haufen", wendete Sarah ein, *„das würde gut passen."*

„Nun mal langsam, Mädels", mischte sich jetzt Marianne ein, *„wir wollen doch sachlich bleiben."*

„Also was hast du gefunden, Grit?", beendete Paul Kling das Geplänkel seiner Kolleginnen.

---

[3] **Partei Der Wahrhaftigkeit**

„Dieser Mann hat im Internet folgendes gepostet."

Grit Perlinger überspielte den Post auf den großen Bildschirm an der Wand. Und da stand zu lesen:

***

„Vor einiger Zeit hat ein Monster aus unserer Mitte viele junge Menschen getötet und ihren Hinterbliebenen unsägliches Leid beschert.

Anstatt diesen Mörder für immer hinter Schloss und Riegel zu sperren, hat die Justiz ihm einen beschaulichen Aufenthalt in einer Anstalt besorgt, aus welcher er – scheinbar mühelos – fliehen konnte.

Wer weiß, wie viele weitere Opfer wir demnächst zu beklagen haben werden, nur weil unsere Justiz kläglich versagt hat.

Jeder Mensch, der einen oder mehrere Menschen tötet, hat selbst das Recht auf Leben verwirkt.

Ich fordere die Wiedereinführung der Todesstrafe!!!

Und wenn die Politik dazu nicht fähig ist, dann sollte der mündige Bürger das Gesetz selbst in die Hand nehmen.

Dr. Thomas Bergemann, RA und Mitglied der PDW

***

Grit Perlinger hatte den Text laut vorgelesen und war nun bereit, die Anerkennung durch ihre Kollegenschaft entgegen zu nehmen.

Aber nichts dergleichen geschah. Es herrschte nur Stille. Eine Art Betroffenheit lag im Raum.

„Das ist starker Tobak", sagte Paul Kling, *„und wo hast du das gefunden?"*

„Im Darknet", antwortete Grit, *„da findet man wahre Schätze."*

„Das ist kein Schatz, liebe Grit", erwiderte Marianne, *„das ist postpubertäres Geschwafel eines komplexbehafteten Möchtegern."*

Die Strenge, die in der Stimme von Marianne lag, hatte Grit zusammenzucken lassen.

„Entschuldigung", sagte sie leise, *„ich habe das nicht so gemeint."*

„Ist schon gut, Grit", erwiderte Marianne beschwichtigend, *„es ist toll, dass du das gefunden hast."*

Grit war erleichtert, vor allem, als Paul hinzufügte:

„Endlich einmal wieder eine Spur, wo wir ansetzen können. Dann werden wir diesen Herrn einmal zu uns bitten und schauen, was er uns zu sagen hat."

*****

Dr. Thomas Bergemann war ein typischer Vertreter der „Yuppie"-Generation: jung, dynamisch und sehr von sich eingenommen.

„*Wieso haben Sie mich vorgeladen, Herr Kommissar?*"

„*Hauptkommissar, Herr Doktor*", erwiderte Paul Kling, „*so viel Zeit muss sein.*"

„*Wissen Sie überhaupt, wer ich bin?*", fragte Dr. Bergemann.

„*Aber ja doch, Herr Doktor*", antwortete Paul, „*ein Mann mit zwei Gesichtern.*"

Dr. Bergemann sah den Hauptkommissar mit großen Augen an.

„*Wie meinen Sie das?*", fragte er.

Paul Kling lächelte.

„*Ich habe Sie etwas gefragt*", sagte Dr. Bergemann leicht erregt.

Paul Kling lächelte noch immer, als er antwortete:

„*Sie behaupten ein Vertreter für Recht und Ordnung zu sein und rufen gleichzeitig zu Lynchjustiz auf.*"

Der junge Anwalt wurde blass.

„*Woher wissen Sie das?*"

„*Sie geben also zu, dass Sie diesen Hass- und Gewaltpost verfasst haben?*", sagte Paul Kling.

„*Ich gebe gar nichts zu*", erwiderte Dr. Bergemann, „*und ohne meinen Anwalt sage ich gar nichts mehr.*"

Paul Kling begann laut zu lachen.

„*Sie sind nicht nur ein lausiger Anwalt und ein hirntoter Möchtegern-Politiker, Sie sind auch noch ein Spaßvogel. Das gefällt mir.*"

„*Was erlauben Sie sich?*", ereiferte sich Dr. Bergemann, „*ich werde Sie verklagen.*"

„*Jetzt pass einmal gut auf, du Spaßvogel*", erwiderte Paul Kling, „*hier wird niemand verklagt. Sei froh, dass ich dich nicht auf der Stelle verhafte wegen Volksverhetzung. Ich sage nur § 130 STBGB mit bis zu 3 Jahre Haft.*"

Dr. Bergemann erschrak. Damit hatte er nicht gerechnet. Paul Kling sah sich sein Gegenüber genau an. Dass dieser Mann den Mumm hätte, einen anderen zu töten, das schloss der erfahrene Ermittler kategorisch aus. Aber da wäre ja noch die Möglichkeit der Anstiftung zum Mord.

„*Haben Sie den Auftrag gegeben, Burkhard Löffler zu töten?*"

Mit dieser Frage hatte Paul Kling den Stier buchstäblich bei den Hörnern gepackt.

„Haben Sie den Verstand verloren?"

Dr. Thomas Bergemann war aufgesprungen. In seinem Gesicht war das nackte Entsetzen zu erkennen.

„Antworten Sie einfach", sagte Paul Kling, *„haben Sie oder haben Sie nicht?"*

„Nein", schrie Dr. Bergemann, *„ich bin Jurist und kein Verbrecher."*

„Das eine schließt das andere nicht aus", erwiderte Paul Kling. *„Setzen Sie sich und hören Sie auf so herumzubrüllen."*

Dr. Bergemann setzte sich nieder. Seine Souveränität, von der geglaubt hatte, eine zu haben, war gerade auf ein ganz kleines Häufchen zusammengeschmolzen.

„Ich bitte Sie, Herr Hauptkommissar, ich bin doch kein Verbrecher. Ich habe Frau und Kinder und führe ein ganz normales, gut bürgerliches Leben."

Paul Kling lächelte. Er erkannte in diesem Augenblick, dass der Mann, der ihm gegenübersaß und sich als Politiker gab, nur eine Ansammlung von heißer Luft war, ebenso wie die Partei, von der er eines ihrer Gesichter repräsentierte.

„Sie können gehen, Herr Doktor. Wegen Ihres Posts werden Sie sich jedoch noch verantworten müssen."

*****

Der Herr Staatsanwalt war nicht wirklich „amused", als Hauptkommissar Paul Kling ihn über den Stand der Ermittlungen informierte.

„Wieso haben Sie diesen Dr. Bergemann einfach wieder laufen lassen?", fragte Dr. Voss, *„hat er denn ein Alibi für die Tatzeit?"*

Paul Kling sah den Juristen an, und in seinem Blick spiegelte sich beinahe Mitleid wider.

„Das ist nicht möglich, Herr Doktor", antwortete Paul Kling.

„Was ist nicht möglich?", fragte der Staatsanwalt.

„Die genaue Tatzeit festzulegen", antwortete Paul Kling, *„und daher ist auch die Überprüfung eines Alibis sinnlos."*

Der Herr Staatsanwalt brauchte einen Augenblick der geistigen Verarbeitung des Gesagten, bevor er antwortete:

„Na gut; dann beschaffen Sie andere Verdächtige."

„Sehr gern, Herr Doktor", erwiderte der Hauptkommissar, *„wenn Sie mir sagen, woher ich die nehmen soll. Sie wachsen leider nicht auf den Bäumen..."*

Dr. Voss hatte Mühe, sich zu beherrschen. Er und Paul Kling würden wohl niemals Freunde werden, und leider hatte der Hauptkommissar aufgrund seiner Erfolge eine starke Lobby hinter sich.

Also schluckte er das, was er eigentlich sagen wollte, hinunter und sagte stattdessen:

„Sie können gehen, und lösen Sie endlich diesen leidigen Fall."

*****

Die Stimmung bei der Besprechung am nächsten Morgen war gedrückt. Paul Kling hatte von der unerfreulichen Unterredung mit dem Staatsanwalt berichtet und sah nun in die enttäuschten Gesichter seiner Mitstreiter.

„Es ist nur schade, dass die Befragung dieses komischen Politikers nichts gebracht hat", sagte Sarah Menzel, was den Pegel der Enttäuschung eher noch weiter ausschlagen ließ.

„Vielleicht habe ich ja eine neue Spur."

Diese Worte von IT-Spezialistin Grit Perlinger waren wie elektrisierend. Marianne reagierte als erste.

„Was für eine Spur?", fragte sie aufgeregt, und Grit antwortete:

„Ich habe mir das Posting von unserem Doktor noch einmal vorgenommen, und siehe da, ich bin fündig geworden."

„Und?"

Dieses eine Wort von Paul Kling barg so viel Hoffnung in sich, in diesem Fall endlich weiter vorankommen zu können.

„Eine Frau, vermutlich ebenfalls Mitglied der PDW, wie Dr. Bergemann, hat sich zu Wort gemeldet. "

„Wieso hast du das nicht schon vor ein paar Tagen bemerkt? ", fragte Paul Kling vorwurfsvoll.

„Weil das Posting der Dame brandneu ist", erwiderte Grit.

„Und was schreibt sie? ", drängte Marianne.

„Ich werde es euch gleich zeigen", sagte Grit und schickte den Post auf den Bildschirm an der Wand. Und da stand zu lesen:

***

„Das ewige Blabla geht mir am Arsch vorbei. Das bringt doch nichts. Der Mörder unserer Kinder läuft noch immer frei herum.

Es ist traurig und beschämend, dass keiner etwas unternimmt. Daher habe ich beschlossen, die Angelegenheit selbst zu Ende zu bringen. Tod dem Mörder!!! "

***

Grit hatte den Post wieder laut vorgelesen, und wartete auf eine Reaktion der Anwesenden. Aber nichts geschah.

„Was sagt ihr dazu?", fragte sie in die Stille hinein, die sie gerade nicht nachvollziehen konnte.

„Das ist schwer einzuordnen", sagte Marianne.

„Aber wieso denn?", erwiderte Grit enttäuscht.

„Weil man nicht weiß, ob das nur eine Wichtigtuerin ist", antwortete Marianne, *„und weil wir noch nicht einmal wissen, wer dahintersteckt. Vielleicht ist es gar keine Frau. Es könnte doch genauso ein Mann oder ein Jugendlicher sein, der sich einen Spaß erlaubt."*

„Da irrst du dich gewaltig", kam trotzig die Antwort von Grit zurück. *„Es ist eine Frau, und sie hat sogar einen Namen."*

Marianne sah Grit mit großen Augen an.

„Du kennst den richtigen Namen dieser Frau?", fragte sie aufgeregt.

„Ja", antwortete Grit, *„sie heißt Miriam Hollerbach und ist die Mutter eines der getöteten Kinder von Schloss Merlingholm."*

„Hast du vielleicht auch noch eine Adresse dazu?", mischte sich nun Paul Kling ein.

„*Habe ich, Chef*", antwortete Grit, die sich gerade ganz wunderbar fühlte.

„*Dann will ich diese Dame sofort sprechen. Marianne, du nimmst Birgit mit und holst sie her.*"

In der Stimme des Hauptkommissar schwang deutlich erkennbar Euphorie mit, auch dann noch, als er zu Grit sagte:

„*Bravo, Mädel, das hast du ganz toll gemacht.*"

*****

Die Frau, die den Ermittlern im Verhörraum gegenübersaß, war nicht das, was man erwartet hatte.

Man hätte sich eher eine Frau aus dem asozialen Milieu oder wenigsten aus einer unteren Gesellschaftsschicht vorgestellt, aber nicht das.

Miriam Hollerbach war zweiundvierzig Jahre alt, gutaussehend, eine gepflegte Erscheinung, attraktiv und Dozentin an der Universität.

Der Tod ihrer Tochter Emma hatte sie völlig aus der Bahn geworfen. Sie hatte angefangen zu trinken, worauf sie ihr Ehemann verließ.

Dank des Rückhalts durch ihre Mutter und ein paar Freunden war es möglich, ihre Arbeit an der Universität aufrecht erhalten zu können.

Grit Perlinger hatte den Text des Post für ihren Chef ausgedruckt.

Diesen legte der Hauptkommissar Miriam Hollerbach jetzt vor.

„In diesem Posting, das wir im Internet gefunden haben, kündigen Sie den Mord an Burkhard Löffler an.

Ich frage Sie, Frau Hollerbach: Haben Sie Burkhard Löffler ermordet? "

Miriam Hollerbach saß wie versteinert da und sah den Hauptkommissar einfach nur an.

Paul Kling fragte noch einmal. Dieses Mal mit scharfer Stimme:

„Frau Hollerbach! Haben Sie Burkhard Löffler ermordet? "

„Nein! "

Die Antwort der Beschuldigten erfolgte mit der gleichen Schärfe wie die Frage des Hauptkommissars.

„Leugnen Sie, dass dieses Hassposting im Internet von Ihnen ist? "

Mit diesen Worten trommelte Paul Kling mit seinem Zeigefinger auf das Schriftstück, als wolle er diesem eine vermehrte Bedeutung verleihen.

„Nein, das leugne ich nicht, Herr Kommissar. "

„*Aber da drohen Sie doch Burkhard Löffler ganz klar seine Ermordung an. Oder sehe ich das falsch?*"

Die Antwort auf diese Frage überraschte Paul Kling.

„*Natürlich sehen Sie das falsch. In diesen Worten ist lediglich der Wunsch nach dem Tod für Löffler erkennbar.*"

Marianne Brückner hatte, zusammen mit ihren drei Kolleginnen, die Befragung im einem Nebenraum hinter der Glasscheibe mitverfolgt.

Dr. Teufer, der Rechtsmediziner, war ebenfalls zugegen. Paul hatte ihn darum gebeten.

„*Was denkt ihr?*", fragte er in die Runde, „*ist das der potentielle Mörder von Löffler?*"

„*Ich weiß nicht*", erwiderte Marianne, „*was meinst du?*"

Dr. Teufer wiegte den Kopf hin und her.

„*Mich stört ein wenig die Benutzung einer Stichwaffe. Frauen morden üblicherweise eher mit Gift.*"

„*Ich wette, sie war es*", meldete sich jetzt Grit Perlinger zu Wort, „*allein der Blödsinn mit dem Wunsch nach dem Tod von Löffler. In ihrem Posting steht doch klar, sie wolle die Angelegenheit selbst zu Ende bringen. Das ist für mich Beweis genug.*"

„DNA-Spuren wären hilfreicher als Vermutungen, verehrte Kollegin Perlinger", sagte der Rechtsmediziner mit einem Augenzwinkern.

Beide wendeten sich wieder der Befragung zu.

„Haben Sie Familie, Frau Hollerbach?"

Miriam Hollerbach zögerte einen Augenblick, antwortete dann aber:

„Warum fragen Sie mich das, Herr Kommissar?"

„Beantworten Sie doch ganz einfach meine Frage", erwiderte Paul Kling.

„Ja, ich hatte eine Familie. Eine ganz wunderbare sogar", sagte Miriam Hollerbach mit leiser Stimme. *„Die hat mir ein Monster namens Löffler weggenommen. Einen nach dem anderen. Zuerst mein Kind und dann meinen Mann."*

Miriam Hollerbach unterbrach einen kurzen Moment, dann fuhr sie fort.

„Mein Mann hat mich verlassen, weil er meine Gesellschaft nicht mehr ertragen hat...

Gut, ich habe nach dem Tod meiner Tochter etwas zu viel getrunken; aber ich brauchte das, um dem Schmerz für eine Weile entfliehen zu können.

Und da hätte ich den Rückhalt durch meinen lieben Gatten gebraucht. Aber Fehlanzeige. In guten wie in schlechten Zeiten…"

Das Gesicht von Miriam Hollerbach spiegelte ein Gemisch aus Schmerz, Wut und Enttäuschung wider.

„Was ist mit anderen Verwandten? Geschwister, Eltern, Onkel, Tanten?"

Paul Kling begann Mitleid mit seinem Gegenüber zu empfinden.

„Meine Eltern leben noch. Das sind gute Menschen. Ich habe aber keinen Kontakt zu ihnen. Sie haben sich nach dem Tod von Emma verändert. Wenn wir uns trafen haben sie mir das Gefühl von Schuld vermittelt, und das habe ich nicht mehr ertragen…"

Miriam Hollerbach hatte zu weinen begonnen. Ganz leise, wie ein kleines, schüchternes Kind.

„Ich glaube, wir machen jetzt besser Schluss, Frau Hollerbach. Sie können nach Hause gehen; aber halten Sie sich für uns zur Verfügung."

Miriam Hollerbach stand auf, rückte den Stuhl zurecht und sagte:

„Vielen Dank, Herr Kommissar."

Dann verließ sie den Raum.

Paul Kling blieb noch einen kurzen Moment sitzen. Sein fragender Blick ging hinauf zu der Kamera unterhalb der Decke. Dann verließ auch er den Raum.

„Was meinst du, Hansi? Sieht so eine Mörderin aus?"

Paul Kling hatte seinen Freund, Dr. Teufer bewusst darum gebeten, die Befragung mitzuverfolgen.

„Schwer zu sagen, Paul", antwortete der Rechtsmediziner, *„ein Pabst sieht auch nicht aus wie ein Pabst."*

„Diese Antwort hilft mir sehr", erwiderte Paul Kling.

„Du weißt schon, wie ich das meine", sagte Dr. Teufer, *„man kann in die Menschen nicht hineinsehen. Aber abgesehen davon, ich denke nicht, dass das euer Täter ist."*

„Dazu tendiere ich auch", erwiderte Paul Kling, *„also drehen wir uns im Kreis."*

Der Rechtsmediziner zuckte mit den Schultern.

„Tut mir leid, alter Freund. Ich gehe dann mal wieder, viel Erfolg beim Weitersuchen. Und grüße deine Hannelore recht lieb."

„Mach ich, Hansi.

*****

Das „Erika" war eine Mischung aus Café und Gasthaus. Es war auch der Rückzugsort für gestresste Ermittler.

Die gesamte Truppe um Kriminalhauptkommissar Paul Kling hatte sich eingefunden, um gemeinsam ein Glas zu trinken.

In der Regel waren Gespräche über dienstliche Angelegenheiten ein absolutes Tabu. Nicht jedoch heute.

„Es ist zum Verrücktwerden. Miriam Hollerbach war ein Griff ins Klo und George Clooney steigt mir ständig auf die Zehen."

Mit diesen Worten löste Paul Kling den Überdruck in seinem Gemütskessel. Der Fall Löffler machte ihm heftige Probleme, wie noch kein anderer Fall jemals zuvor.

„Wieso bist du dir so sicher, dass Miriam Hollerbach als Täterin nicht in Betracht kommt?"

Die Frage kam von Marianne Brückner, die das aussagte, was auch ihre drei anderen Kolleginnen dachten.

Paul Kling zögerte mit einer Antwort, wohl auch, weil er augenblicklich keine parat hatte.

„Ich bin ebenso wenig von der Unschuld dieser Frau überzeugt", legte Grit Perlinger nach.

Und dann kam überraschend eine Anregung von Sarah Menzel, die sich normalerweise eher bedeckt hielt mit ihrer Meinung.

„Vielleicht sollte man eine Hausdurchsuchung bei Frau Hollerbach machen. Schaden kann es ja auf keinen Fall."

„Das ist eine sehr gute Idee, Sarah", bekräftigte Marianne Brückner Sarahs Vorschlag.

„Ich kann mir nicht vorstellen, dass Dr. Voss seinen Sanktus dazu gibt", sagte Paul Kling.

„Versuchen kannst du es doch wenigstens. Oder nicht?"

Marianne Brückner sah Paul Kling erwartungsvoll an.

„Also gut", erwiderte der Hauptkommissar, *„ich werde ihn morgen fragen. Aber jetzt ist Schluss damit. Lasst uns lieber trinken."*

Marianne lächelte. Schließlich war er es doch, der die Regel gebrochen hatte, nicht über Dienstliches zu reden...

*****

Die Hausdurchsuchung bei Miriam Hollerbach brachte den Durchbruch.

Die Beamten fanden nicht nur ein Kleidungsstück, das Blutspuren aufwies, sondern auch die mutmaßliche Mordwaffe. Es handelte sich tatsächlich um einen Brieföffner.

Und die Untersuchung der Gegenstände durch den Rechtsmediziner, Dr. Johannes Teufer, brachte die ersehnte Gewissheit: Blut und Fingerabdrücke stammten zweifelsfrei von Miriam Hollerbach.

Entsprechend groß war die Erleichterung des gesamten Ermittlerteams. KHM Sarah Menzel wurde mit Lob überschüttet, weil sie den Anstoß zu der Hausdurchsuchung gegeben hatte.

Die Freude bei Paul Kling war eher verhalten. Er musste an die Befragung von Miriam Hollerbach denken, bei der er Mitleid für die Frau empfunden hatte.

Aus diesem Grund bat er Marianne Brückner die Befragung durchzuführen.

„Frau Hollerbach, wir haben erdrückendes Beweismaterial in Ihrem Haus gefunden. Die DNA-Spuren auf Ihrer Bluse und die Fingerabdrücke auf der Mordwaffe stammen eindeutig von Ihnen.

Es wäre jetzt an der Zeit, den Mord an Burkhard Löffler zu gestehen. Das könnte sich auch strafmildernd für Sie auswirken."

Miriam Hollerbachs Gesichtsausdruck war wie versteinert, als sie die Worte von Marianne Brückner hörte.

„Frau Hollerbach. Vielleicht war es ja eine Tat im Affekt", versuchte Marianne Brückner der Beschuldigten eine Brücke zu bauen.

„Es ist sehr lieb von Ihnen, dass Sie das sagen."

Miriam Hollerbach hatte diese Worte in einem völlig ruhigen Tonfall von sich gegeben. Sie blickte der Hauptkommissarin in die Augen, begleitet von einem sanften Lächeln.

„Ich bin mir bewusst, dass Sie mich längst verurteilt haben. Schließlich verfügen Sie ja über diese Beweise. Und egal was ich Ihnen auch antworte, es ändert nichts daran."

„Wie meinen Sie das?", fragte die Hauptkommissarin etwas verunsichert.

„Würde es für Sie einen Unterschied machen, ob ich die mir zur Last gelegte Tat leugnen oder gestehen würde?", erwiderte Miriam Hollerbach.

Marianne Brückner dachte kurz nach, und sie musste sich eingestehen, dass ihr Gegenüber recht hatte, mit dem was sie sagte:

Miriam Hollerbach war die Mörderin von Burkhard Löffler.

„Bitte, Frau Hollerbach, beantworten Sie mir diese Frage: Haben Sie Burkhard Löffler ermordet?"

„Nein. Ich habe diesen Mann nicht ermordet. Ich bin unschuldig."

Miriam Hollerbach hatte die Worte laut hinausgestoßen.

„Wie erklären Sie sich dann, wie das Blut, das vom Ermordeten stammt, auf Ihre Bluse gekommen ist?"

Mariannes Ton war ebenfalls lauter geworden.

„Dafür habe ich keine Erklärung", antwortete Miriam Hollerbach.

„Aber den Brieföffner, auf welchem sich Ihre Fingerabdrücke befinden, den kennen Sie schon. Oder?"

„Den habe ich noch nie zuvor gesehen", antwortete Miriam Hollerbach.

Marianne Brückner schüttelte den Kopf.

„Es hat doch keinen Sinn, dass Sie länger leugnen. Die Beweise sind erdrückend."

„Dann muss es wohl so sein", erwiderte Miriam Hollerbach, sehr zum Erstaunen der Hauptkommissarin.

„Aha, Sie geben die Tat jetzt also zu?", sagte Marianne Brückner erleichtert.

Miriam Hollerbach gab keine Antwort darauf. Es war überhaupt das Ende jeder Kommunikation seitens der Beschuldigten.

Selbst bei der Gerichtsverhandlung schwieg Miriam Hollerbach. Sie tat das, obwohl der Richter sie mehrmals ermahnte und Ordnungsstrafen androhte.

Miriam Hollerbach schwieg beharrlich. Sie hatte sich auch geweigert, einen Anwalt hinzuzuziehen.

Als wenige Wochen später ihre Verhandlung war, saß sie wie versteinert im Gerichtssaal. Ihr Blick war starr geradeaus gerichtet und ihr Mund blieb verschlossen.

Trotz aller Mühe von Richter und Staatsanwalt war Miriam Hollerbach kein einziges Wort zu entlocken. Sie schwieg beharrlich.

Die gaffende Menge schien enttäuscht. Sie hatte sich ein Spektakel erhofft. Ein kleiner Teil der Zuschauer, die einen Bezug zum Attentat auf Schloss Merlingholm hatten, begannen zu weinen.

Der Staatsanwalt, Dr. Bernhard Voss war sicher am meisten vom Verlauf der Verhandlung enttäuscht. Er hatte sich einen Schlachtplan zurechtgelegt, um die Angeklagte vor den Zuschauern in Stücke zu zerreißen.

Aber Miriam Hollerbach machte ihm einen gewaltigen Strich durch die Rechnung.

Paul Kling wohnte der Verhandlung bei, und ihm wurde beinahe schlecht, als er den Staatsanwalt mit heftigen Gebärden sich aufführen sah, als befände man sich in einem Schmierentheater und nicht in einem Gerichtssaal. George Clooney lässt grüßen…

Miriam Hollerbach tat ihm leid. Er wünschte sich in diesem Augenblick, man hätte die Beweise nie gefunden.

Nicht, dass er einen Mord gutheißen würde, obwohl er ein wenig dazu neigte in diesem Fall. Aber so viel Schicksal, wie Miriam Hollerbach erfahren musste, das war unmenschlich und nicht zu ertragen.

Am Ende wurde Miriam Hollerbach für schuldig befunden und zu einer lebenslänglichen Haftstrafe verurteilt…

*****

Die Presse überschlug sich. Die Journaille konnte sich so richtig austoben. Es war ganz offensichtlich, woher sie ihre Informationen bezogen hatte.

George Clooney hatte sich für die entgangene Selbstdarstellung im Gerichtssaal gerächt.

„Ich bin sehr glücklich darüber, dass es der Ermittlergruppe unter meiner Leitung gelungen ist, eine brutale Mörderin dingfest zu machen und sie ihrer gerechten Strafe zuzuführen."

So stand es zu lesen, umrahmt von einem Bild des Herrn Staatsanwalts, der sicher war, auf der Karriereleiter, hinauf zum Oberstaatsanwalt, einige Sprossen erklommen zu haben.

*****

„Dein Essen war einmal mehr ein rechter Gaumenschmaus, liebe Hannelore".

Dr. Johannes Teufer machte der Dame des Hauses ein Kompliment, was ihm postwendend eine hämische Bemerkung durch Paul Kling einbrachte.

„Du bist ein elender Schleimer, Hansi."

Damit zog sich Paul Kling postwendend den Unmut seiner Gattin zu.

„Das ist gar nicht wahr. Lass unseren lieben Gast in Ruhe. Du könntest dir ruhig einmal ein Beispiel an Johannes nehmen. Ich kann mich nicht erinnern, wann du mir das letzte Mal ein Kompliment gemacht hast."

Paul Kling winkte ab und sagte nur:

„Ach was, Hannilein. Mach uns lieber einen Kaffee."

Johannes Teufer fragte sich, wie Hannelore es mit einem Brummbär, wie Paul, so lange aushalten konnte.

Wahrscheinlich war sein Freund nicht immer so; aber der Beruf als Polizist verändert den Menschen.

Paul und er waren Freunde, lange bevor Paul Hannelore kennenglernt hatte. Johannes hatte ebenfalls ein Auge auf Hannelore geworfen, aber sie hatte sich in den Draufgänger Paul auf der Stelle verliebt.

Vielleicht lag es daran, dass Johannes sieben Jahre älter war als Paul, und der Altersunterschied von Johannes zu Hannelore doch beträchtlich gewesen wäre.

Aber eine andere Möglichkeit wäre auch, dass Johanneseinfach zu schüchtern war. Johannes hatte zeitlebens die Frau fürs Leben nicht gefunden, und jetzt war er einfach zu alt dafür. Er hatte sich mit seinem Junggesellendasein arrangiert und er war zu frieden, so wie es war.

„Kommst du?", sagte Paul zu Johannes, *„wir setzen uns auf die Terrasse, um zu rauchen. Sonst schimpft uns mein Hannilein. Du weißt schon; die armen Gardinen."*

Johannes verkniff sich, darauf zu antworten. Es missfiel ihm, dass Paul seine Frau „Hannilein" nannte, obwohl er genau wusste, dass sie das nicht mochte. Sie mochte es ebenso wenig, wie Johannes, der sich lange Zeit dagegen gewehrt hatte, dass Paul ihn „Hansi" nannte. Irgendwann hatte er seinen Widerstand aufgegeben.

Hannelore hatte den Kaffee serviert und wollte sich wieder zurückziehen, als Johannes sagte:

„Bitte, bleib doch bei uns liebe Hannelore. Voraus-gesetzt der Rauch stört dich nicht."

„Aber nein, Johannes, nicht im geringsten."

Hannelore setze sich zu den beiden Männern. Das Lächeln, welches sie Johannes dabei entgegenbrachte, tat Johannes wohl. Er wünschte sich in diesem Augenblick, er wäre damals nicht so schüchtern gewesen.

Die beiden Männer pafften an ihrer Zigarre. Johannes war eigentlich nicht der passionierte Zigarrenraucher, aber irgendwann hatte er dem Drängen von Paul nachgegeben.

„Die Frau tut mir leid."

Hannelore hatte den Satz einfach so dahingesagt.

„Welche Frau?", sagte Paul herrisch, der damit seinen Unmut unterstrich, dass er nicht allein mit Johannes war. Zigarrenrauchen ist reine Männersache, so sein Credo.

„Die Frau, die zu lebenslänglich verurteilt wurde", antwortete Hannelore, *„das hat sie nicht verdient."*

„Quatsch!"

Pauls Antwort glich einer Ohrfeige.

„Sie ist eine Mörderin und stellt sich dadurch au-ßerhalb der Gesellschaft."

„Aber sie ist auch ein Mensch", wagte Hannelore einen sanften Wiederspruch.

„Was hättest du denn gemacht als Richter? Hättest du sie freigesprochen? Oder vielleicht noch einen Orden verliehen?"

Der Zynismus, der in den Worten von Paul lag, tat Johannes weh. Hannelore spürte ihn schon lange nicht mehr; sie hatte sich in vielen Ehejahren daran gewöhnt.

„Ich lasse euch dann einmal allein."

Hannelore schenkte Johannes ein Lächeln und ging ins Hausinnere.

„Weiber...", sagte Paul und machte einen kräftigen Zug an seiner Zigarre.

„Warum bist du nur so ein Stinkstiefel?", sagte Johannes, was Paul nur mit einem breiten Grinsen beantwortete.

Johannes trank seinen Kaffee aus und stand auf.

„Ich muss dich leider verlassen, mein Lieber. Ich habe noch einen Termin beim Zahnarzt."

Paul schluckte die Lüge, ohne weiter nachzufragen, und Johannes schämte sich einmal mehr, dass er so ein Feigling war...

*****

Paul Kling hatte seine Ermittler–Truppe ins „Erika" eingeladen, um den Abschluss im Fall „Burkhard Löffler" zu feiern.

„Bevor wie uns auf Essen und Trinken stürzen, möchte ich ein par Worte sagen, Worte des Dankes.

Als mir George Clooney drei junge Kolleginnen aufs Auge drückte, war ich anfänglich nicht gerade begeistert.

Ich war es bis dahin gewohnt, mit meiner kongenialen Partnerin, KHK Marianne Brückner, den bösen Buben und Mädchen nachzustellen. Und jetzt hatte ich drei Ermittler-Küken am Bein, die mir nur im Weg stehen würden.

Aber da hatte ich mich gründlich getäuscht. "

Über die Gesichter der drei kriminalistischen Jungspunde huschte ein Lächeln, als sie das hörten. Birgit Sauer wurde sogar ein wenig verlegen.

„Gleich zu Beginn unserer Zusammenarbeit hat KHM Grit Perlinger mit ihrem IT-Wissen einen wesentlich Anstoß gegeben.

Und von KHM Sarah Menzel kam der Impuls für eine Hausdurchsuchung, die uns dann den Durchbruch in unserem Fall verschafft hat.

Auch KHM Birgit Sauer hat sich Meriten bei unserer Fall erworben. Ihr alle Drei habt hervorragende Arbeit geleistet. Ich bin sehr stolz auf euch.

Grit, Sarah, Birgit – auf euch! Ihr seid hervorragende Ermittler. Ich hoffe, das war nicht unsere letzte Zusammenarbeit. "

KHK Paul Kling war aufgestanden und hatte sein Glas erhoben. Die drei Kolleginnen hatten sich ebenfalls erhoben. Sie sahen ihren Chef mit glühenden Wangen an.

Ein Lob aus seinem Munde war schon etwas ganz besonderes.

Marianne hatte die schwungvolle Rede ihres Kollegen mit einem Lächeln verfolgt. Es amüsierte sie, dass der Gelegenheits-Grantler Lob, das normalerweise für ein ganzes Jahr ausreichte, gerade innerhalb weniger Minuten verteilt hatte.

Sie stand ebenfalls auf und sagte:

„Ich kann mich nur dem anschließen, was der große Meister über euch Mädels gesagt hat. Ihr ward eine große Hilfe und habt tolle Arbeit geleistet. Auf euch!"

Die kleine Gruppe hatte gerade wieder Platz genommen, und Paul Kling wollte den Kellner heranwinken, um das Essen zu bestellen, als das Handy läutete.

Der Hauptkommissar nahm das Gespräch entgegen, und sein Gesichtsausdruck veränderte sich augenblicklich. Es war ein einseitiges Gespräch, an dessen Ende Paul Kling sagte:

„Wir kommen sofort. "

„Was ist los, Paul?", fragte Marianne, und Paul Kling antwortete:

„Miriam Hollerbach hat versucht, sich das Leben zu nehmen."

Bestürztheit und Ratlosigkeit verbündeten sich bei der kleinen Schar, die gerade noch in losgelöster Stimmung feiern wollten.

„Um Gottes willen. Das ist ja furchtbar."

Es war Birgit Sauer, die als Erste reagierte.

Paul stand auf. Jegliche Farbe war aus seinem Gesicht gewichen.

Marianne war ebenfalls aufgestanden. Ein ungutes Gefühl beschlich sie.

Paul sah in die entsetzten Gesichter seiner jungen Kolleginnen. Grit Perlinger hatte ihren Arm um die Schulter von Birgit Sauer gelegt, die begonnen hatte, zu weinen. Mit brüchiger Stimme sagte Paul:

„Ihr bleibt da und esst derweilen. Marianne und ich fahren kurz ins Gefängnis und machen uns ein Bild von der Lage. Wir kommen danach gleich wieder hierher zurück..."

*****

Als Paul Kling und Marianne Brückner in der Strafanstalt ankamen, herrschte aufgeregtes Treiben. Sie liefen dem Direktor direkt in die Arme.

„Das ist fruchtbar", jammerte er, *„das schadet der Anstalt und auch mir."*

„Vor allem schadet es der Gefangenen", erwiderte Marianne Brückner, die sich sehr zurückhalten musste, um dem Direktor nicht ihre wahre Meinung zu sagen.

„Wo finden wir Dr. Teufer?", fragte Paul Kling.

„Was weiß ich, wo der Mann sich herumtreibt", antwortete der Direktor und wedelte wild mit einem Stück Papier herum, mit welchem er in alle Richtungen zeigte.

„Was haben Sie da?", fragte Paul Kling und entriss dem Direktor das Blatt Papier.

„Ein Bekennerschreiben", antwortete der Direktor, *„das ist ein Bekennerschreiben."*

Paul Kling las hastig, was auf dem Papier geschrieben stand:

Ich scheide aus dem Leben, weil ich keinen Sinn mehr darin sehe, weiterzuleben. Ich bin keine Mörderin; aber ich werde als eine solche im Gedächtnis der Leute bleiben. Dennoch hoffe ich, dass der wahre Mörder des Burkhard Löffler nie gefunden wird, weil er das Richtige getan hat. Diese Bestie, die mir mein Kind genommen hat, hat kein Recht zu leben.

Ich bitte meine Mutter und meine Freunde um Ver-
zeihung, dass ich ihnen mit dem mir unrecht angehäng-
ten Makel Schaden zugefügt habe. Ich scheide gern aus
dem Leben, weil ich so bald mit meinem Kind wieder
vereint sein werde.

Paul Kling reichte das Schreiben wortlos an seine Kollegin weiter. Dann wandte er sich dem Direktor zu.

„Das ist kein Bekennerschreiben, Sie Arschloch,
das ist ein Abschiedsbrief."

Der Direktor wollte erwidern, aber der Hauptkommissar ließ ihn nicht zu Wort kommen.

„Wie sind Sie zum Posten des Direktors gekommen?
Haben Sie ihn in der Lotterie gewonnen? Sie sind das
Unfähigste, was mir jemals untergekommen ist. Gehen
Sie mir aus den Augen, sonst vergesse ich mich noch."

Marianne Brückner packte Paul Kling am Arm und sagte:

„Lass gut sein, Paul. Wir sollten lieber nach Johan-
nes suchen."

Paul ließ sich nur widerwillig von dem völlig perplexen Anstaltsleiter wegführen. Es hätte nicht viel gefehlt und er hätte Hand an den Mann gelegt.

Es spielte wohl auch in seine aufgewühlte Gemütslage hinein, dass sein Gewissen schwer drückte. Ein Gefühl von Schuld hatte nach ihm gegriffen und hielt ihn fest.

„Gut, dass ihr da seid."

Dr. Johannes Teufer, Gerichtsmediziner und nebenbei auch noch Gefängnisarzt, war wie aus dem Nichts aufgetaucht.

„Was ist passiert, Hansi?", fragte Paul, *„ist sie tot?"*

„Gott sei Dank, nicht", antwortete Johannes, *„ich konnte sie reanimieren."*

„Wie konnte das nur passieren?", fragte Marianne.

„So etwas passiert eben", antworte der Doktor, *„man wird das nie hundertprozentig verhindern können."*

„Gab es vielleicht irgendwelche Anzeigen, die eventuell darauf hätten hinweisen können?", fragte Paul.

„Meines Wissens nicht", antwortete Johannes, *„aber du steckst da einfach nicht drin."*

„Hast du den Abschiedsbrief gelesen?", fragte Marianne, die den Brief noch immer in ihrer Hand hielt.

„Ich weiß nichts von einem Abschiedsbrief", sagte Johannes, worauf Marianne ihm den Brief wortlos entgegenhielt.

„Mein Gott ..."

Dr. Teufer schien sichtlich ergriffen. Er reichte den Brief an Marianne zurück.

„Was liest du in dem Brief?", fragte Paul, *„du bist doch Arzt."*

Johannes zuckte mit den Schultern.

„Ich bin Allgemeinmediziner, Hansi, und kein Psychologe", erwiderte Dr. Teufer.

„Aber als Mensch? Was hältst du davon?"

Paul Kling ließ nicht locker.

„Eine Tragödie", antwortete Johannes, *„es ist eine schreckliche Tragödie..."*

*****

Paul und Marianne waren nicht mehr ins „Erika" zurückgekehrt. Sie hatten die drei jungen Kolleginnen per Telefon kurz über das Geschehen informiert.

Am nächsten Tag saßen sie mit hängenden Köpfen im Büro zusammen. Es herrschte eine allgemeine mentale Katerstimmung.

Ein jeder fragte sich, ob Miriam Hollerbach vielleicht doch nicht die Mörderin von Burkhard Löffler war; aber keiner sprach es aus.

Bei der Beweislage konnte es auch gar nicht möglich sein. Miriam Hollerbach war zurecht verurteilt worden.

Das Telefon läutete. Grit Perlinger nahm den Hörer ab.

„Der Herr Staatsanwalt verlangt nach dir", sagte sie, nachdem sie den Hörer wieder aufgelegt hatte.

„Der hat mir gerade noch gefehlt", sagte Paul Kling und verließ den Raum.

*****

Dr. Bernhard Voss saß hinter seinem Schreibtisch, hielt eine Zeitung in der Hand, und starrte Paul Kling angriffslustig entgegen.

„Haben Sie das schon gelesen?"

„Ich lese prinzipiell keine Zeitung", antwortete Paul Kling, der sich – allein schon anhand des Tonfalls seines Vorgesetzten - darüber im Klaren war, dass es sich um eine Inquisition handelte, mit der George Clooney aufwartete.

„Irgendein journalistischer Schmierfink hat die Mutter dieser Mörderin interviewt, und zieht uns in den Dreck. Mein Reputation wird dadurch arg beschädigt. Fahren Sie zu dieser Frau und sorgen sie für eine Richtigstellung!""

„Sind Sie jetzt fertig? "

Paul hielt es nicht mehr länger zurück. Dass er und George Clooney niemals Freunde werden würden, war eine Sache. Aber die Nummer, die er gerade abzog, überstieg das Erträglich um ein vielfaches.

„Eine Frau, die im Gefängnis sitzt, hat versucht sich umzubringen, und ihre Mutter ist verzweifelt und droht daran zu zerbrechen.

Und Ihre größte Sorge, Herr Staatsanwalt, ist, dass Ihre Reputation Schaden nehmen könnte? "

Schämen Sie sich nicht? Sie sind ein gefühlloses Arschloch. "

Dr. Bernhard Voss, Staatsanwalt durch Protektion, ohne nachweisliche Verdienste, bekam Schaum vorm Mund.

„Das wird Ihnen das Genick brechen, Kling. Dafür werde ich sorgen. "

Die Stimme des Staatsanwalts überschlug sich förmlich.

„Ein Dienstaufsichtsverfahren ist Ihnen sicher. Und dazu kommt noch die Beschwerde vom Direktor der Justizanstalt. Ich werde Sie vernichten. "

„Einen Dreck wirst du tun, du Großmaul", erwiderte Paul Kling. *„Oder hast du irgendwelche Zeugen? Ich sehe nämlich keine.*

114

Sei froh, wenn ich dich nicht windelweich klopfe, du hohle Nuss. Und dreh dich zweimal um, wenn du künftig dein Haus verlässt. Ich hoffe, du hast mich verstanden. "

Dr. Voss atmete schwer. Er sah in das Gesicht des Hauptkommissars, und es gab kein einziges Wort, an dem er Zweifel hegte.

Dass Paul Kling schon hie und da unkonventionelle Mittel bei der Arbeit anwendete, war hinlänglich bekannt. Und dass er über Kontakte in die Unterwelt verfügte, wusste man auch.

„Verlassen Sie augenblicklich mein Büro oder ich vergesse mich. "

Paul Kling begann herzlich zu lachen. Gemessen an seiner Körperstatur, im Gegensatz zu der des Staatsanwaltes, klangen diese Worte eher wie ein Witz.

„Eines muss man dir lassen, Herr Staatsanwalt; du hast Humor. "

Paul Kling lachte noch immer, als der Tür mit einem lauten Knall hinter sich zuzog.

*****

Franziska Becker hatte einem Treffen zugestimmt.

Die Mutter von Miriam Hollerbach war eine Frau, von der eine Ausstrahlung ausging, welche eine starke Auswirkung auf ihr jeweiliges Gegenüber hatte.

„Guten Tag, Herr Kling."

Franziska Becker streckte zuerst Paul Kling die Hand entgegen und hielt sie dann Marianne entgegen.

„Ich kenne nur den Namen Ihres Begleiters; Ihren kenne ich leider noch nicht."

„Mein Name ist Marianne Brückner", beeilte Marianne sich vorzustellen, und Franziska Becker erwiderte mit der gleichen Herzlichkeit wie zuvor:

„Guten Tag, Frau Brückner."

Danach machte sie eine einladende Handbewegung und sagte:

„Bitte, treten Sie doch näher."

Die beiden Ermittler wurden ins Wohnzimmer geführt.

„Ich habe Kaffee vorbereitet; aber ich kann genauso gut Tee machen, wenn Ihnen das lieber ist. Ich hoffe, es ist nicht nur ein Klischee, was man im Fernsehen sieht. Da wird in Kriminalfilmen immer nur Kaffee getrunken."

Franziska Becker lächelte, als sie das sagte.

Marianne sah Paul an, und sie erkannte in dessen Gesicht dieselbe Unsicherheit, die sie gerade selbst empfand.

Diese Frau, zu der sie gefahren sind, um mit ihr über das wenig schmeichelhafte Interview zu reden, passte so überhaupt nicht zu der Story in der Zeitung.

Franziska Becker schenkte Kaffee ein und legte den beiden ein Stück Kuchen auf den Teller.

„Das ist vom Bäcker. Ich hoffe, er schmeckt Ihnen trotzdem", sagte sie, beinahe entschuldigend, *„aber ich backe schon lange nicht mehr selber.*

Früher, als meine Tochter mit der kleinen Emma mich besuchten, habe ich immer selber gebacken; aber jetzt…"

Franziska Becker hielt inne. Ihr Blick war starr in die Vergangenheit gerichtet.

„Das ist schon in Ordnung, Frau Becker", sagte Marianne, *„ich bin sicher, der Kuchen schmeckt sehr gut."*

„Sie sind sehr freundlich, Frau Brückner", erwiderte Franziska Becker, *„ich mag sie."*

„Der Kuchen schmeckt ausgezeichnet, Frau Becker", mischte sich nun Paul Kling ein.

„Oh, danke schön."

Franziska Becker lächelte unentwegt und ihr Lächeln entsprang eine Warmherzigkeit, die ihre Besucher tief berührte.

„Sie sagten am Telefon, es ginge um diese Interview in der Zeitung."

Paul Kling wollte antworten, aber Franziska Becker fuhr fort:

„Ich war sehr verärgert darüber; denn viele Dinge, die dort zu lesen waren, habe ich so nie gesagt.

Es tut mir sehr leid, dass ich mich dazu verleiten gelassen habe. Bitte, verzeihen Sie mir."

Marianne schluckte. Sie fühlte sich gerade ähnlich unwohl in ihrer Haut wie Paul.

„Das haben wir uns schon gedacht, liebe Frau Becker."

Diese Wort aus dem Mund eines hartgesottenen Paul Kling überraschten Marianne. Es waren nicht nur die Worte, es war auch der Klang einer samtweichen Stimme, den Marianne noch nie zuvor so vernommen hatte.

„Es tut mir gut, dass sie das sagen, Herr Kling. Haben Sie vielen Dank."

Die nächsten Minuten verliefen schweigend. Franziska Becker ließ ihrem Besuch die nötige Zeit, um ihre Mehlspeise genießen zu können, und die beiden

Ermittler waren dankbar, in Ruhe das weitere Vorgehen überdenken zu können.

„Wenn es Sie nicht zu sehr belastet, würden wir gern eine wenig über Ihre Tochter mit Ihnen reden."

„Sie meinen die Mörderin."

Als Franziska Becker das sagte, war das Lächeln aus ihrem Gesicht gewichen, und die beiden Besucher fühlten sich noch ein Stück weit unwohler als gerade noch zuvor.

Paul wollte etwas erwidern, aber Marianne bedeutete ihm mit einem leichten Kopfschütteln, es zu lassen.

„Meine Tochter ist keine Mörderin; auch wenn Sie das glauben.

Sie hat noch nie irgendjemandem ein Leid zugefügt. Als sie klein war, hat sie kleine Vogeljungen, die aus ihrem Nest gefallen waren, gehegt und gepflegt, bis sie flügge waren.

Für Emma, mein kleine Enkelin war sie eine liebevolle, treusorgende Mutter. Sie hat sie niemals geschlagen; noch nicht einmal mit Worten.

Als ihr Vater, mein lieber Ehemann, sehr krank wurde, hat sie ihn, zusammen mit mir, bis zu seinem Tod gepflegt.

Dann passierte dieses schreckliche Massaker. Das hat Miriam völlig aus der Bahn geworfen. Ihr

Ehemann, dieser erbärmliche Feigling, der ihr Stütze hätte sein müssen, hat sich einfach davongemacht.

Miriam fiel damals in ein tiefes Loch. Sie hat dann angefangen zu trinken.

Es war eine schreckliche Zeit. "

Franziska Becker konnte nicht mehr weitersprechen. Ihre Tränen erstickten ihre Stimme. Als Marianne ihr ein Taschentuch entgegenhielt, ergriff Franziska Becker Mariannes Hand und hielt sie mit aller Kraft fest.

„Mein Kind ist keine Mörderin. Niemals… "

Danach brach Franziska Becker zusammen. Die herbeigerufene Rettung stellten Kreislaufkollaps fest und nahmen sie mit ins Krankenhaus.

Bevor das Rettungsfahrzeug losfuhr, streckte Franziska Becker wie ein kleines Kind Marianne die Hände entgegen.

„Kann ich die Dame begleiten? ", fragte Marianne einen der Rettungssanitäter, und als dieser ihre Frage bejahte, stieg sie zu Franziska Becker ins Fahrzeug.

Franziska Becker schloss die Augen und über ihr Gesicht huschte wieder dasselbe Lächeln, wie noch vor einigen Minuten zuvor.

*****

Der „Goldberg", eine kleine Erhebung unweit der Stadt, müsste eigentlich „Goldhügel" heißen; denn um den Namen „Berg" zu tragen, hätte er einige Meter höher daherkommen müssen.

Was den Namen angeht, so ranken sich verschiedene Mythen um ihn. Zwei davon klingen am plausibelsten.

Der eine besagt, dass in grauer Vorzeit Gold dort gefunden wurde und der andere, weit glaubwürdigere, dass die große Menge Ginster mit seiner goldgelben Färbung Namensgeber war.

Eine empirische Tatsache hingegen ist, dass er zu allen Zeiten ein beliebter Platz für verliebte Pärchen gewesen ist.

Auch Paul Kling und sein Jugendfreund, Johannes Teufer, waren dort öfter anzutreffen, wenn sie mit zwei hübschen Mädchen im Schlepptau an der süßen Speise „Liebe" genascht haben.

Paul war überrascht, als Johannes ihn bat, sich mit ihm dort zu treffen, um etwas Wichtiges zu besprechen.

Johannes hatte bereits auf einer der Bänke Platz genommen, als Paul dort eintraf.

„Das ist unsere Bank", empfing ihn Johannes, *„kannst du dich noch daran erinnern?"*

Paul lachte.

„*Das ist so lange her; das könnte jede Bank gewesen sein.*"

„*Irrtum, mein Lieber*", erwiderte Johannes, „*schau her!*"

Johannes deutete auf ein in die Rücklehne geritztes Herz mit den Initialen H und G.

„*Ist das denn die Möglichkeit?*", fuhr es Paul über die Lippen, „*Hansi und Gertrud.*"

„*Das hast du damals dahingeritzt, obwohl ich das gar nicht wollte.*"

„*Du warst schon immer ein Schisser, Hansi*", sagte Paul lachend, „*mein Gott, dass das immer noch lesbar ist.*"

„*Setz dich, Pauli*", sagte Johannes, was Paul Kling erstaunte. So hatte ihn Johannes seit damals nie mehr genannt.

„*Ich muss dir etwas Wichtiges mitteilen. Und bitte, unterbrich mich nicht, bis ich zu Ende erzählt habe.*"

Paul setzte sich und sah in das ernste Gesicht seines Freundes.

Die Sonne war gerade am Untergehen und außer den beiden Männern war weit und breit niemand zu sehen.

„Miriam Hollerbach ist nicht die Mörderin von Burkhard Löffler."

Die Worte, die an Paul Klings Ohren drangen, waren wie ein Stromschlag. Paul erstarrte. In seinem Kopf begann es wie wild zu hämmern.

„Hast du gehört, was ich dir gerade gesagt habe: <Miriam Hollerbach ist unschuldig. Sie hat Burkhard Löffler nicht ermordet>."

Paul war nach wie vor wie versteinert. Er starrte Johannes nur ungläubig an.

Und dann vernahm er die Worte, die für ewig in seinem Gedächtnis eingebrannt bleiben sollten.

„Ich, Johannes Teufer, habe Burkhard Löffler ermordet."

Donnergrollen erklang in der Ferne, und es untermalte die obskure Situation wie in einem schlechten Film.

Paul Kling saß mit seinem Freund aus Jugendzeiten an einem ganz besonderen Ort der Erinnerung und musste sich dessen Mordgeständnis anhören.

Wie ein Automat begann sein Gehirn eine Abwehrhaltung zu kreieren. Paul stand abrupt auf und sagte, Nein, vielmehr er schrie:

„Rede nicht so einen Mist. Das ist geschmacklos. Ich werde auf der Stelle gehen, wenn du nicht sofort damit aufhörst."

Johannes wurde durch Pauls Worte berührt. Sie waren in der Jugend wie Pech und Schwefel, und so manche unrühmliche Tat ging auf ihr Konto.

Später hatte sie sich aus den Augen verloren. Johannes ging zum Studieren in eine größere Stadt, weit weg von zu Hause und Paul meldete sich zur Polizei.

Viele Jahre danach wurden sie von Berufswegen wieder vereint und ihre Freundschaft wurde dadurch reaktiviert.

So traf Johannes auch wieder auf seine heimliche Liebe Hannelore, die zwischenzeitlich Pauls Ehefrau geworden war.

„Setz dich wieder, Pauli", sagte Johannes, *„ und hör dir die ganze Geschichte an.*

Es begann alles mit dem Attentat auf „Schloss Merlingholm".

Fabian, der Sohn meiner Schwester Karin, war unter den Opfern des Massakers.

Ich habe dir damals nichts davon erzählt, weil ich sonst vielleicht nicht an dem Fall hätte mitarbeiten dürfen.

Es war eine schlimme Belastung für meine Schwester. Sie ist, wie andere betroffene Mütter und Väter auch, fast daran zerbrochen.

Sie erlitt einen Schlaganfall und musste für lange Zeit im Krankenhaus liegen. Als sie entlassen wurde, war sie halbseitig gelähmt.

Wenn ich sie besuchte und sie regungslos in ihrem Rollstuhl sitzen sah, hat es mir jedes Mal das Herz umgedreht. Sie war immer meine kleine Schwester, auf die ich zeitlebens aufgepasst habe.

Ihr Gesicht war wie eine Maske, und wenn sie mich anschaute, fühlte ich einen unausgesprochenen Vorwurf, den ich nicht beschreiben kann.

Und dann war da die Geschichte mit Löffler, wie er der Justiz eine lange Nase zeigte und in die psychiatrische Anstalt eingewiesen wurde, von wo er flüchten konnte.

In mir begann es zu brodeln. So viel Kinder mussten sterben, so viele Eltern und Verwandte weinten um sie, und dann noch meine kleine Schwester Karin, die wie eine leere Hülle in ihrem Rollstuhl saß und vor sich hinvegetierte.

Und Löffler? Er war irgendwo. Scheinbar unauffindbar und erfreute sich seines Lebens.

Das durfte einfach nicht sein.

Ich begann zu recherchieren.

Durch meine Tätigkeit als Gefängnisarzt hatte ich Kontakt zu einem Zellengenossen von Löffler. Wir machten einen Deal.

Ich verschaffte ihm diverse Annehmlichkeiten und Hafterleichterungen im Tausch gegen Informationen.

Ausgestattet mit einem Handy von mir, gelang es ihm, den Aufenthaltsort von Löffler herauszufinden.

Löffler besuchte regelmäßig eine Bar. Eine der Frauen, die dort beschäftigt waren, gelang es, Löffler K.O-Tropfen in seinen Drink zu mischen.

Ich habe ihn dann in das Wäldchen verbracht, wo er von euch gefunden wurde. Es war verrückt. Er war bei vollem Bewusstsein, als ich ihm die Spritze gesetzt habe. Was dann geschah, hat mich überrascht. Als ich mit meinem Brieföffner das erste Mal zustach, war das ganz leicht.

Die weiteren Stiche habe ich fast genossen. Ich dachte an Karin, ihren Sohn und an all die anderen Kinder, welche der Verbrecher auf dem Gewissen hatte.

Und jedes Mal, wenn ich zustach, fühlte ich keine Schuld, sondern nur eine unheimliche Erleichterung. Ist das nicht verrückt? "

Johannes sah seinen Freund an, als wolle er eine Antwort von ihm haben. Aber nichts dergleichen geschah.

Paul Kling saß nur da, Tränen in den Augen und lächelte. Es war der Ausdruck einer völligen Hilflosigkeit.

„Als ich dann die Sache mit Miriam Hollerbach mitbekam, hatte ich die Idee, den perfekten Täter zu erschaffen.

Und wieder mithilfe eines Insassen. Aber dieses Mal mit einem entlassenen Straftäter.

Ich habe ihm, während seines Gefängnisaufenthalts, das Leben gerettet, als er einen Blinddarmdurchbruch hatte. Das war damals eine ziemlich enge Kiste.

Heino – ich nenne ihn einfach mal so – hat mir Zugang zum Haus von Frau Hollerbach verschafft, und ich habe ein Kleidungsstück von ihr mit Schweineblut beschmiert und meinen Brieföffner deponiert.

Ihr habt dann ja auch beides gefunden und mir gebracht. Der Rest war ein Kinderspiel für mich."

Hier legte Johannes Teufer eine Pause ein.

Paul hatte aufmerksam zugehört, und mit jedem Wort wurde sein alter Freund immer mehr zu einem Fremden.

Das war nicht der Hansi, mit dem er durch dick und dünn gegangen war, ein Ausbund von Geradlinigkeit und Anstand.

„Wie bist du darauf gekommen, dass Miriam Hollerbach der geeignete Kandidat für dein krankes Vorgehen sein könnte?"

Johannes sah Paul erstaunt an. Er verstand die Wortwahl nicht, die Paul benützt hatte, beließ es aber dabei.

„Ich habe es zufällig mitbekommen, die Geschichte mit ihrer Morddrohung im Internet, und dass ihr sie verdächtigt. Da lag es doch nahe, oder etwa nicht?"

Paul antworte nicht darauf. Stattdessen fragte er:

„Frau Hollerbach ist ja selbst Betroffene des Massakers. Sie hat ihre Tochter dabei verloren. Hattest du nie Skrupel, die arme Frau für deinen kranken Plan zu missbrauchen?"

„Warum sagst du das immer, Pauli?", sagte Johannes.

„Was meinst du, Hansi?", erwiderte Paul.

„Dass ich krank bin", sagte Johannes.

„Weil du krank bist", antwortete Paul. „Wir fahren jetzt gemeinsam aufs Präsidium..."

Weiter kam Paul nicht.

„Das machen wir ganz sicher nicht", sagte Johannes. „Du hörst mir weiter zu. Mein Geständnis ist noch nicht komplett."

Paul überlegte kurz, willigte dann aber ein.

„Als ich gehört habe, dass sich Frau Hollerbach versucht hat, das Leben zu nehmen, und ich sie gerade noch rechtzeitig reanimieren konnte, habe ich beschlossen, einen Teil meiner Schuld wieder gutzumachen.

Ich habe mein Geständnis bei einem Notar hinterlegt, der es euch zukommen lässt, sobald er von meinem Tod erfahren hat."

Paul Kuhn erschrak.

„Was soll das heißen, Hansi?", fragte er.

„Ich werde in ein paar Minuten sterben, Pauli", antwortete Johannes, *„und du wirst mir dabei zusehen. Und noch etwas, du kannst es nicht verhindern. Vergiss nicht, dass ich ein Mediziner bin.*

Eine letzte Bitte habe ich noch. Lass Frau Hollerbach umgehend frei. Der Beweis ihrer Unschuld liegt in den gefälschten Beweisen.

Und noch etwas. Mein Geständnis weicht etwas von dem ab, was ich dir gerade erzählt habe. Die Angabe meiner beiden Helfer habe ich darinnen verschwiegen. Belass es bitte dabei. Es würde den Tatbestand nicht verändern.

So, mein guter, alter Freund. Jetzt heißt es Abschied nehmen. Ich spüre schon den Hauch des Todes. Ich habe ein schnell wirkendes Gift genommen, und so dosiert, dass ich genügend Zeit hatte, mit dir ein letztes Mal zu plaudern.

Sei mir bitte nicht böse, dass ich dich an der Nase herumgeführt habe, und entschuldige mich bitte auch bei den anderen.

Ich würde sehr gern das Gesicht von Dr. Voss sehen, wenn er die Wahrheit erfährt. Aber den Genuss wirst du ja für mich haben, nicht wahr? "

Johannes' Körper krampfte sich zusammen, begleitet von einem leisen Stöhnen.

„Es geht jetzt wohl los. Aber keine Angst, es ist schnell vorbei. "

Es folgt ein weiterer Krampf, dieses Mal etwas heftiger.

Paul wusste nicht, wie er sich verhalten sollte.

„Soll ich nicht doch die Rettung rufen? ", fragte er in all seiner Hilflosigkeit.

„Nein ", erwiderte Johannes, *„es gibt keine Rettung für mich. "*

Die Stimme von Johannes war erkennbar schwächer geworden.

„Eine Bitte hätte ich noch. Wirst du sie mir erfüllen? "

„Wenn ich kann?", antwortete Paul.

„Du kannst", sagte Johannes, *„grüße Hannelore von mir, gib ihr einen Kuss und sage ihr, dass ich sie immer geliebt habe. Und behandle sie besser, du alter Stinkstiefel…"*

Das waren die letzten Worte von Dr. Johannes Teufer, einem Gerichtsmediziner, der zum Mörder geworden war, und sich am Ende selbst gerichtet hat.

Sein schriftliches Geständnis wurde Kriminalhauptkommissar Paul Kling wenige Tage später zugestellt. Dieses übergab er an den Staatsanwalt, Dr. Bernhard Voss, der den Fall „Burkhard Löffler" endgültig abschloss.

Frau Miriam Hollerbach wurde aus der Haft entlassen. Sie wurde völlig rehabilitiert.

Die Mitteilungen in der Presse waren eher zurückhaltend. Das lag vor allem im Interesse des Herrn Staatsanwalts.

Die Beerdigung von Dr. Johannes Teufer fand in aller Stille statt.

Paul Kling, seine Ehefrau Hannelore, Marianne Brückner und die drei jungen Kolleginnen, Grit Perlinger, Birgit Sauer und Sarah Menzel gaben dem Toten das letzte Geleit.

Auf der Schleife eines der wenigen Kränze standen die Worte, nach Johannes 8,7 zu lesen:

„Wer frei von Schuld ist, werfe den ersten Stein. "

Wer hinter dieser Aktion stand, war nicht bekannt.

Allein Marianne hatte einen Verdacht, den sie aber nicht aussprach.

Sie hatte Franziska Becker, die Mutter von Miriam Hollerbach, noch ein paar Mal besucht, und die liebevolle Geste, in Form von dem Spruch auf der Kranzschleife, passt sehr gut zu der feinen, alten Dame...

*****

Nachtrag zum Titel des Buches:

„Fahre nun fort und singe des hölzernen Rosses Erfindung, welches Epeios baute mit Hilfe der Pallas Athene, und zum Betrug in die Burg einführte der edle Odysseus, mit bewaffneten Männern gefüllt, die Troja bezwangen. "
Homer: Odyssee, VIII. Gesang, 492-495

So wie die Griechen damals nie daran gedacht hätten, den Feind in den eigenen Mauern zu suchen, so wenig war es für die Ermittler vorstellbar, dass der Mörder unter ihnen weilte...

*****